Quinze millions pour un fantôme

Jean-François Ménard

Quinze millions pour un fantôme

l'école des loisirs
11, rue de Sèvres, Paris 6e

Loi numéro 49 956 du 16 juillet 1949 sur les publications
destinées à la jeunesse : mars 1994
Dépôt légal : mars 1995
Imprimé en France par la Société Nouvelle Firmin-Didot
au Mesnil-sur-l'Estrée (33414)

Encore pour Diane

Madame Richard Dulancier, née Viviane Goulot,
Monsieur Richard Dulancier,
Waldo et Mirabelle,
ont la profonde tristesse de vous faire part du décès de

Fernand GOULOT

leur frère, beau-frère et oncle,
survenu le 15 décembre 1993, à l'âge de 51 ans.

Les obsèques ont eu lieu
dans la plus stricte intimité familiale.

Chapitre 1
Beaucoup d'argent

– Waldo, tiens-toi droit, nous sommes en deuil ! chuchota madame Dulancier à l'oreille de son fils.

Waldo laissa échapper un soupir de mauvaise humeur.

– Fernand, il s'en fichait qu'on se tienne droit, répliqua-t-il.

– Tonton Fernand, rectifia sa mère.

– Tonton ou pas, il mettait les pieds sur la table, quand il venait à la maison !

– Il savait se tenir quand il le voulait, protesta madame Dulancier.

– Il ne le voulait pas souvent.

– S'il s'était tenu un peu plus droit dans sa vie, il ne serait pas mort si jeune…

Waldo se redressa un peu. Ce n'était pas le moment de faire de la peine à sa mère.

Assise à la droite de son frère, Mirabelle contemplait ses ongles. À tout hasard, madame Dulancier lui lança un coup d'œil sévère destiné à lui faire comprendre que le moment était particulièrement mal choisi pour les ronger.

Quant à monsieur Dulancier, qui travaillait beaucoup, il semblait, comme à son habitude, sur le point de tomber endormi.

Maître Archibald Poncelard, en revanche, avait l'œil vif et le teint frais. Malgré la gravité de l'instant, il ne pouvait dissimuler l'intense satisfaction que lui procurait la perspective d'avoir bientôt à parler d'argent.

– Permettez-moi tout d'abord de vous présenter mes très sincères condoléances devant la cruelle épreuve qui frappe votre famille, commença maître Poncelard d'un ton un peu trop lugubre pour sonner vrai.

Waldo éclata de rire. « La cruelle épreuve ! » L'oncle Fernand aurait bien rigolé en entendant ça !

– Waldo ! protesta madame Dulancier dans un chuchotement furieux.

– Jeune homme, dit maître Poncelard d'un air courroucé, vous feriez bien de prendre exemple sur votre grande sœur, qui se tient beaucoup plus sagement que vous !

– Ma grande sœur ? s'indigna Waldo. J'ai treize mois de plus qu'elle !

– Et moi, cinq centimètres de plus que toi, fit remarquer Mirabelle d'un air satisfait.

– Pas cinq, deux, rectifia Waldo. Et encore, avec des talons !

– Waldo ! Mirabelle ! Je vous en prie ! s'écria madame Dulancier. Excusez-les, maître... Ma fille a eu une croissance très rapide... C'est de famille, j'étais moi-même un peu plus grande que mon frère, et pourtant, il avait dix ans de plus que moi...

– Je comprends, je comprends, assura le notaire. Mais revenons-en, s'il vous plaît, à l'objet de notre réunion. Je devine le chagrin que vous avez dû éprouver, madame, en voyant votre frère aîné emporté si jeune par la maladie…

– C'est une maladie, l'alcoolisme ? demanda Mirabelle d'un ton sincèrement étonné.

Cette fois, monsieur Dulancier sortit de sa somnolence, son épouse devint écarlate et Waldo éclata de rire à nouveau.

– Mirabelle et Waldo ! Sortez d'ici ! ordonna monsieur Dulancier.

– Faites ce que vous dit votre père, approuva son épouse.

– Pardonnez-moi, mais il est essentiel que vos enfants soient présents à la lecture du testament, déclara le notaire. Telle est la volonté du défunt. Sans doute ne le savez-vous pas, madame, mais votre frère était riche…

– Riche ? s'exclama madame Dulancier.

– Riche ? s'étrangla monsieur Dulancier.

– Riche ? s'esclaffa Waldo.

– Riche ? murmura Mirabelle en haussant un sourcil.

– C'est insensé ! protesta monsieur Dulancier, qui paraissait tout à fait réveillé. Mon beau-frère n'a jamais eu un sou !

– Détrompez-vous. Monsieur Fernand Goulot possédait une fortune... – Maître Poncelard s'interrompit un instant, cherchant le mot qui convenait – ... substantielle, acheva-t-il d'un air gourmand.

– Il avait combien ? demanda Waldo.

– Waldo ! s'indigna madame Dulancier. Excusez-le, Maître, il a toujours été d'un naturel curieux. À son âge, on ne se rend pas compte...

– Mais c'est une saine curiosité, madame. La question mérite en effet d'être posée, reprit le notaire, qui n'était jamais choqué qu'on se soucie d'évaluer l'importance d'un patrimoine. La fortune de monsieur Goulot est principalement constituée d'un portefeuille d'actions dont le montant s'élève à...

Maître Poncelard observa une pause pour ménager son effet. Mirabelle en profita pour apporter un commentaire.

– Ça, c'est vraiment la meilleure farce de Tonton Fernand, dit-elle.

– Une farce ? s'étonna le notaire.

– Oncle Fernand adorait faire des farces…

– L'argent n'est pas une farce, mademoiselle !

– Mirabelle, tais-toi ! Laisse parler maître Poncelard ! intervint monsieur Dulancier. À combien disiez-vous que s'élève le montant de…

– Quinze millions, laissa tomber le notaire.

– Quinze… balbutia monsieur Dulancier.

– …millions, acheva son épouse, stupéfaite.

– Comment diable a-t-il fait pour rassembler cette somme ? Mon beau-frère passait son temps à emprunter de l'argent pour le dépenser au jeu ! Roulette, poker, baccara…

– Il jouait beaucoup, en effet, admit le notaire. Et il gagnait…

– Il gagnait ?…

– Des fortunes. Il n'en a jamais rien dit. Sauf à son banquier. Et à moi au moment de faire son testament.

– Et il continuait à nous emprunter de l'argent ! s'indigna monsieur Dulancier.

– C'est souvent comme ça que l'on devient riche, assura le notaire d'un ton pénétré.

– Il s'invitait à la maison, buvait mon whisky, s'installait à notre table ! Et pendant ce temps-là, sa fortune prospérait à la banque ! Eh bien, nous allons nous rembourser ! Nous sommes ses seuls héritiers ! s'écria monsieur Dulancier.

– Richard ! Je t'en prie ! l'interrompit madame Dulancier. Nous venons à peine d'enterrer Fernand...

– Je crains que vos espérances ne soient quelque peu déçues, dit alors le notaire.

– Il y a d'autres héritiers ? s'inquiéta Richard Dulancier.

– C'est à vos enfants que Fernand Goulot a décidé de léguer sa fortune, annonça le notaire.

– Nos enfants ?

Le visage de monsieur Dulancier sembla s'affaisser comme un ballon qui se dégonfle lentement.

– On est riches ! s'écria Waldo.

Il bondit sur sa chaise et se mit à trépigner comme un supporter de football assistant à la victoire de son équipe.

– Quand est-ce qu'on pourra toucher l'argent ? demanda ingénument Mirabelle.

– Waldo et Mirabelle ! Vous me faites honte ! s'emporta madame Dulancier.

– Il vous faudra un peu de patience, dit le notaire en souriant. Je dois d'abord vous donner connaissance d'un message que votre oncle m'a confié.

Maître Poncelard ajusta ses lunettes et prit une feuille de papier posée sur son sous-main.

– *Je soussigné Fernand Goulot*, lut-il, *sain d'esprit sinon de corps, déclare léguer l'intégralité de ma fortune à ma nièce et à mon neveu, Mirabelle et Waldo Dulancier. Pour recevoir leur héritage, ceux-ci devront cependant remplir dans un délai d'un mois certaines conditions dont le détail figure dans une lettre cachetée remise en mains propres à maître Poncelard, notaire.*

– Des conditions ? Quelles conditions ? s'inquiéta Waldo.

– Du calme, jeune homme, laissez-moi terminer. *À ma mort, Waldo et Mirabelle, et eux seuls, prendront connaissance de ce document qui sera ensuite rendu à maître Poncelard et à nouveau cacheté par ses soins en présence de mes neveux et de leurs parents. Un mois plus tard, jour pour jour, maître Poncelard devra à son tour lire cette lettre. S'il constate que les conditions imposées ont été remplies, ma nièce et mon neveu entreront en possession de l'héritage. Si, en revanche, ils venaient à échouer, ma fortune serait alors équitablement partagée entre la Confrérie des Taste-Saucisses et la Société des Amis du Tonneau, deux associations dont je m'honore d'être un des membres les plus actifs.*

– Une telle fortune à des goinfres et des ivrognes, il n'en est pas question ! tempêta monsieur Dulancier.

– Les volontés d'un défunt doivent être respectées, fit remarquer maître Poncelard d'un ton légèrement pincé.

Il sortit alors d'un dossier une enveloppe soigneusement cachetée à la cire.

– Cette enveloppe contient la lettre dont parle votre oncle, reprit-il à l'adresse de Waldo et Mirabelle. Vous allez la lire dans la pièce voisine puis vous me la rapporterez pour que je puisse à nouveau cacheter l'enveloppe devant vous. Vous aurez alors un mois pour remplir les conditions exigées.

D'un geste solennel, le notaire fit sauter les cachets de cire et tendit l'enveloppe à Waldo et Mirabelle.

– Donnez-moi ça ! Je veux voir ce que ce vieux fou a écrit ! s'exclama monsieur Dulancier.

– Richard ! Mon frère n'était ni vieux ni fou ! protesta son épouse.

– Désolé, dit le notaire, je dois m'assurer que seuls vos enfants prendront connaissance de cette lettre. Venez, dit-il à Waldo et à sa sœur.

Il les conduisit dans une petite pièce attenante à son bureau et les laissa seuls. Waldo déplia la feuille de papier que contenait l'enveloppe et lut en même temps que sa sœur les mots tracés par leur oncle d'une écriture large et ronde.

Cher Waldo, chère Mirabelle,

Apparemment, je suis mort, puisque vous avez cette lettre entre les mains. J'espère que ce fichu notaire a bien respecté mes volontés et que vous êtes les seuls à la lire.

J'aurais voulu voir la tête de votre idiot de père quand il a appris que j'avais amassé une fortune au jeu et que j'avais fait de vous deux mes seuls héritiers !

– Tu crois vraiment que Papa est un idiot ? demanda Mirabelle d'un air soucieux.

– Je n'en sais rien, on ne le voit pas assez souvent pour s'en rendre compte, dit Waldo.

N'imaginez pas, cependant, que vous pourrez empocher quinze millions sans avoir rien fait pour les gagner, poursuivait l'oncle Fernand. *Rassurez-vous, je ne vous demanderai pas de travailler ! Croyez-en votre vieil oncle, le travail n'apporte que des ennuis. Non, pour être riches, il vous suffira de...*

vous amuser ! Vous savez que j'ai toujours aimé faire des farces. Ce n'est pas parce que je suis mort que j'ai l'intention d'y renoncer. Il y a dans cette ville au moins une personne qui sera soulagée d'apprendre ma mort : une certaine Catriona Gregor, patronne de L'Auberge d'Édimbourg, *au 65 de la rue Stevenson. À cause d'elle, j'ai passé près de trois années de ma vie en prison.*

– Tu savais que Tonton Fernand était allé en prison ? s'étonna Mirabelle.

– Tonton Fernand est allé partout. C'était un grand voyageur…

Aurais-je dû me venger d'elle de mon vivant ? Peut-être… mais si j'en crois les médecins, il est un peu tard pour y penser. Ma fin est trop proche pour m'en laisser le temps. Désormais, seul mon fantôme pourrait lui faire payer le prix de sa trahison. Hélas, je ne suis pas sûr que les fantômes existent. Dans l'incertitude, mieux vaut prendre des précautions. C'est donc à vous que je veux confier le soin de mener à bien ma dernière farce : faire vivre mon spectre à L'Auberge d'Édimbourg. *Comment ? À vous de trouver des idées ! Pour quinze millions, vous pouvez bien vous creuser la cervelle et faire preuve d'un peu d'imagination ! Débrouillez-vous pour convaincre Catriona Gregor que mon fantôme est venu la hanter. Tirez-la par les pieds pendant son sommeil, emplissez son auberge de cris, de gémissements, de bruits de chaînes, qu'importe, pourvu qu'elle tremble de peur en pensant que la soif de vengeance m'a fait sortir de la tombe. Je vous donne un mois pour y parvenir. Dans un mois, maître Poncelard lira cette lettre à son tour. Si à ce moment-là, vous avez été suffisamment habiles pour que des témoins affirment que* L'Auberge d'Édimbourg *est hantée par le fantôme de Fernand Goulot, vous aurez gagné ma fortune. Si vous échouez, celle-ci ira à la Confrérie des Taste-Saucisses et aux Amis du Tonneau.*

Réussissez ma dernière farce, mon ultime canular, et vous serez riches. Si vous gagnez cet argent, faites-en bon usage, utilisez-le pour vous amuser et travailler le moins possible, vous serez alors dignes de votre oncle qui vous aime et vous souhaite une vie plus longue, plus sobre et plus paisible que la sienne.

Fernand Goulot

– Ce n'est pas très galant de se venger d'une femme, fit remarquer Mirabelle.

– Pour quinze millions, ça en vaut la peine, répliqua Waldo. Et puis, c'est amusant.

– C'est même très amusant, approuva sa sœur avec un étrange sourire. Quand est-ce qu'on commence ?

Chapitre 2
La rue Stevenson

La BMW grise de monsieur Dulancier était garée en face de l'étude de maître Poncelard. Waldo, Mirabelle et leurs parents y avaient pris place sans échanger un mot. Monsieur Dulancier attendit le premier feu rouge pour se tourner vers ses enfants.

– Alors ? dit-il simplement.

– Alors quoi ? demanda Waldo.

– Qu'est-ce qu'il y avait dans la lettre ?

– C'est un secret, répondit Waldo. Tonton Fernand a exigé que nous soyons les seuls à la lire.

– Et les volontés d'un défunt doivent être respectées, ajouta Mirabelle avec gravité.

– Fernand, un défunt ? Une canaille, oui ! Il nous a déshérités !

– Richard ! Je t'en prie ! Je t'interdis de parler comme ça de mon frère ! protesta madame Dulancier.

– Personne n'a rien à m'interdire ! Je veux savoir ce qu'il y a dans cette lettre !

Des coups de klaxon frénétiques retentirent derrière la BMW. Une grosse tête congestionnée apparut à la portière d'une fourgonnette.

– Et alors, tu la bouges, ta ferraille, crème de nave ? C'est vert ! postillonna la grosse tête.

– Quel malotru ! s'indigna madame Dulancier.

Monsieur Dulancier démarra sans prêter attention aux insultes.

– Quinze millions ! s'exclama-t-il. Ce vieil ivrogne a réussi à amasser quinze millions ! Et tout ce qu'il trouve à faire, c'est de les donner à ses deux idiots de neveux ! Et en imposant des conditions, en plus !

– Richard ! Nos enfants ne sont pas des idiots !

– Soyons raisonnables, reprit monsieur Dulancier. À votre âge, on n'a pas besoin de quinze millions. Moi, j'en ai besoin. Alors je vous propose un marché : vous me dites quelles sont les conditions imposées par ce... par Tonton Fernand, et moi, je vous aide à les remplir. Comme ça, vous toucherez l'héritage et...

– Richard ! Ne nous mêlons pas de ça... Et vous non plus, les enfants. Laissons Fernand reposer en paix. Ne nous occupons pas de son argent, ce n'est pas le nôtre...

– Justement, je préférerais qu'il soit à nous ! répliqua monsieur Dulancier.

– De toute façon, nous ne pouvons pas révéler son secret, déclara Waldo avec fierté. Ce serait une trahison.

– Waldo a raison, approuva sa mère. Richard, je ne t'ai jamais vu trahir un secret. Tu ne va pas demander à tes enfants de le faire.

– C'est toi qui nous as élevés comme ça. ajouta Mirabelle.

– Tu la tiens, ta droite, hé, mou de veau ! hurla la tête congestionnée.

– Laisse passer ce rustre, Richard, conseilla madame Dulancier. Et ne parlons plus de cet argent…

Son mari donna un coup de volant à droite tandis que la fourgonnette les dépassait en trombe. Dix minutes plus tard, la BMW s'engagea dans la longue avenue mortellement paisible où monsieur et madame Dulancier n'étaient pas peu fiers d'habiter. Tout le monde avait gardé le silence pendant le reste du trajet.

*
* *

Après avoir déposé sa famille devant la grille de la maison, monsieur Dulancier s'était hâté de rejoindre son bureau. La société Dulancier & Cie, « Le numéro un de l'emballage », ne pouvait longtemps se passer de la présence de son président-directeur général. Il était onze heures du matin et les vacances de

Noël venaient de commencer. L'oncle Fernand avait bien choisi son moment pour mourir. Les longues nuits brumeuses et glaciales de l'hiver sont propices aux fantômes.

À l'approche de Noël, madame Dulancier avait du travail. Waldo et Mirabelle en profitèrent pour s'éclipser, prétextant une soudaine envie d'aller faire une promenade à vélo.

– Et maintenant, rue Stevenson ! dit Waldo lorsqu'ils eurent quitté la maison.

– Tu sais où c'est ? demanda Mirabelle.

– Avec un plan, on trouvera bien...

*
* *

Waldo et sa sœur n'avaient encore jamais mis les pieds dans ce quartier de la ville. Tout y était tordu, tortueux, entortillé. Des rues étroites, des ruelles en pente, souvent interrompues par des volées de marches, s'entrecroisaient en d'interminables méandres où rien ne paraissait droit.

Les immeubles aux façades peintes de frais semblaient avoir été posés là au hasard, comme de gros jouets abandonnés derrière lui par un géant un peu distrait.

Par endroits, quelques pavillons délabrés, engloutis sous d'épaisses couches de lierre, s'appuyaient tant bien que mal les uns contre les autres comme de vieux ivrognes enlacés.

Les troncs d'arbres eux-mêmes avaient des formes de tire-bouchons. On pouvait difficilement trouver meilleur endroit pour se perdre.

– Tonton Fernand devait se sentir bien ici, remarqua Mirabelle. Lui qui avait toujours du mal à marcher droit…

Arrêtés au bord d'un trottoir, Waldo et sa sœur avaient déplié le plan de la ville acheté dans un kiosque à journaux et s'efforçaient de dénicher la fameuse rue Stevenson où se trouvait L'Auberge d'Édimbourg, selon la lettre de Fernand Goulot. Un vent vif s'était mis à souffler et agitait le plan comme une voile.

– On n'est même pas sûrs qu'elle existe,

cette rue, dit Mirabelle. C'est peut-être une farce de l'oncle Fernand.

– Donne-moi ça, tu ne sais pas chercher, dit Waldo avec mauvaise humeur.

Au même moment, une brusque rafale souffla en tourbillon et emporta le plan comme un cerf-volant. Un peu plus loin, un escogriffe aux longs bras, coiffé d'une casquette à carreaux, jouait de l'harmonica en marchant à grands pas. Après avoir virevolté quelques instants dans les airs, le plan de la ville lui atterrit sur la tête. Waldo et Mirabelle se précipitèrent. L'homme à la casquette arracha le plan qui lui couvrait la figure, et leur lança un regard rageur. Puis il se mit à souffler dans son harmonica des notes criardes et saccadées.

– Mi-mi-do-la, mi-mi-do-la ! Mi-mi-do-si♭ ! Mi-mi-fa-mi-fa-mi, mi-mi-sol♯-la-la ! s'exclama-t-il sur un rythme furibond.

– Excusez-nous, Monsieur, je... nous sommes désolés... balbutia Waldo.

– Mi-mi-fa-mi-fa-mi ! Mi-mi-sol♯-la-la ! répéta l'homme.

– Nous cherchons la rue Stevenson, dit alors Mirabelle de son ton le plus aimable. Peut-être pourriez-vous nous renseigner ?

L'homme s'arrêta de jouer et les dévisagea longuement d'un air méfiant. Enfin, un peu radouci, il leur fit signe de remonter la rue. En même temps, il joua sur son harmonica une sorte de marche militaire comme pour les inciter à avancer d'un bon pas. Ensuite, il montra trois doigts et fit un geste vers la gauche.

– La troisième à gauche ? dit Waldo.

– Do-ré-do, la-fa ! approuva l'homme sur son harmonica.

Il souleva poliment sa casquette et joua encore quelques notes guillerettes avant de partir dans la direction opposée.

Waldo et Mirabelle le regardèrent s'éloigner, puis se tournèrent l'un vers l'autre, l'air un peu ahuri.

– Complètement fou, ce type-là, dit Waldo.

– Et en plus, il a un drôle d'accent, ajouta Mirabelle d'un ton dédaigneux.

*
* *

La rue Stevenson montait et descendait sans cesse avec de brusques virages en épingle à cheveux. On aurait dit un circuit de montagnes russes. La chaussée, recouverte de gros pavés mal ajustés, était plus défoncée qu'un vieux matelas. Un cauchemar pour cyclistes. Au bas d'une côte un peu plus raide que les autres, Mirabelle descendit de vélo.

– Je continue à pied, dit-elle. Pas envie de finir en compote dans un nid-de-poule.

Ils étaient devant le numéro 51. D'après l'oncle Fernand, L'Auberge d'Édimbourg se trouvait un peu plus loin, au 65.

– C'est la côte qui te fait peur ? dit Waldo d'un ton moqueur. Avec tes grandes jambes, ça ne devrait pas être difficile de monter ça !

– Les belles jambes, c'est fragile, il faut les ménager, répliqua Mirabelle. Je n'ai pas envie d'avoir des mollets en bouteille de Perrier.

Waldo haussa les épaules.

– Une petite pente comme ça ! Regarde, j'arrive là-haut en un rien de temps.

Debout sur les pédales, il entreprit l'escalade, suivi à quelque distance par Mirabelle, qui poussait son vélo à pas nonchalants. Soufflant, ahanant, chancelant, Waldo zigzaguait tant bien que mal entre les trous et les bosses, le long du raidillon de plus en plus escarpé. Parvenu à mi-pente, il faillit renoncer, mais à la pensée des sarcasmes de sa sœur, il trouva le courage de tenir bon. Au prix d'un effort héroïque, il approcha enfin du sommet et se retourna vers Mirabelle.

– T'as vu ça ? dit-il, hors d'haleine. Ce n'était rien du tout !

Mirabelle, à une dizaine de mètres derrière lui, fit semblant de regarder ailleurs.

– Il y avait quelque chose à voir ? demanda-t-elle du ton de quelqu'un qui vient de se réveiller.

– Tu ne m'as pas vu monter ?

– Non, pourquoi ?

Waldo regarda sa sœur d'un air incrédule

tout en continuant machinalement de pédaler. Sans s'en rendre compte, il dépassa ainsi le sommet de la côte et disparut derrière, dans la descente.

Mirabelle entendit alors un bruit de chute, puis des hurlements affolés. Sa nonchalance disparut d'un coup. Elle se précipita.

Son teint était devenu soudain très pâle.

Chapitre 3
La tornade rouge

Un attroupement s'était déjà formé lorsque Mirabelle arriva en haut de la pente. Un cinquantenaire à béret, un mégot jaunâtre fiché au coin des lèvres, aidait son frère à se relever.

– Ça, c'est ta faute ! dit Waldo en la voyant arriver.

Son pantalon était déchiré et un peu de sang perlait à son genou.

– Et qui est-ce qui va me rembourser ma portière, à moi ? s'exclama un petit homme vêtu d'un costume sombre et coiffé d'un chapeau mou.

Il avait jailli d'une voiture immobilisée en travers de la chaussée et battait l'air de ses bras courts, comme un poulet qui essaie de s'envoler, en contemplant avec consternation un trou dans sa portière.

– Vous savez combien ça coûte, une portière ? se lamenta-t-il en prenant la foule à témoin. Une voiture presque neuve !

– Alors ? Toujours vivant ? demanda Mirabelle.

Elle avait essayé de prendre un air goguenard, mais sa voix tremblait un peu.

– Si tu ne m'avais pas obligé à tourner la tête, ça ne serait pas arrivé ! tempêta Waldo.

– Ça, faut dire, il ne regardait pas devant lui ! dit l'homme au mégot.

– Qu'est-ce qui se passe ici ? Qu'est-ce que c'est que ce raffut ? lança alors une voix tonitruante.

Un ouragan rouge vif écarta les badauds et se rua sur Waldo. C'était une grande femme aux cheveux de flamme, entortillés en un chignon touffu qui doublait la hauteur de sa tête. Tout chez elle était écarlate, ses joues rubicondes, ses lèvres noyées sous une épaisse couche de rouge à lèvres, sa robe au décolleté bordé de dentelles qui contenait à grand-peine une poitrine de cantatrice en plein contre-ut et même ses chaussures vernies, couleur coquelicot, qui étincelaient comme deux langues de feu.

– Le pauvre garçon ! s'exclama la femme rouge en voyant le genou ensanglanté de Waldo.

– Et ma portière ? Vous avez vu ma portière ? geignit l'homme au chapeau mou.

– Qu'est-ce que vous voulez, vous, avec votre portière ?

– Je veux savoir qui va me la rembourser ! J'étais tranquillement en train de me garer, là-dessus, ce jeune imbécile me rentre dedans avec son vélo...

– C'est vous qui l'avez mis dans cet état ? gronda la femme. Et vous venez vous plaindre, par-dessus le marché ?

Son regard sembla soudain brûler de rage. Elle s'avança vers l'homme au chapeau mou qui recula d'un pas en se ratatinant dans son costume.

– C'est pour un petit trou comme ça que vous faites tant d'histoires ? dit-elle en jetant un coup d'œil dédaigneux à la voiture.

– Une voiture presque neuve... balbutia l'homme.

La femme en rouge donna alors un grand coup de pied en plein milieu de la portière endommagée. Sous le choc, la tôle s'enfonça beaucoup plus profondément.

– Voilà ce que j'appelle un vrai trou, dit la femme. Et maintenant, essayez donc de me faire payer les dégâts !

L'homme au chapeau mou paraissait soudain minuscule auprès d'elle.

– Je vais appeler la police ! s'égosilla-t-il en allongeant le cou pour essayer de se grandir.

– C'est ça, et dites-leur bien que votre portière est entrée en collision avec une chaussure rouge à talon haut de pointure 40 ! Maintenant, filez d'ici, et vite ! ordonna la femme.

Les poings sur les hanches, elle attendit que le petit homme épouvanté remonte dans sa voiture et disparaisse sous les éclats de rire des badauds, puis elle fit volte-face et se précipita vers Waldo.

– Pauvre enfant, dit la femme en se penchant sur le genou blessé. Heureusement, ça n'a pas l'air bien grave, je vais te soigner.

Elle le prit par un bras et le souleva à moitié en l'entraînant vers la porte d'un jardin touffu qui masquait en partie la façade d'une maisonnette rose à deux étages.

Mirabelle ramassa les deux vélos. Celui de son frère n'avait pas trop souffert du choc ; le guidon était tout juste un peu tordu. Les badauds se dispersèrent et la rue retrouva son calme, tandis que la femme en rouge installait Waldo sur un canapé de velours grenat. Mirabelle les avait suivis en laissant les vélos dans le jardin. La femme se tourna vers elle.

– Tu es sa grande sœur ? demanda-t-elle.

– J'ai... aïe ! J'ai treize mois de plus qu'elle ! répliqua Waldo, vexé.

– Et moi, j'ai cinq centimètres de plus que lui, ajouta fièrement Mirabelle.

– Pas cinq, deux, rectifia Waldo. Et encore... aïe !... Avec des talons !

– Mes pauvres enfants ! Ces automobilistes sont des brutes ! dit la femme. Mais rassurez-vous, ce n'est qu'une simple écorchure. Huguette ! appela-t-elle d'une voix qui fit trembler les murs de la maison.

Une petite femme rose et ronde, aux cheveux blonds frisés comme des ressorts, apparut comme par enchantement sur le seuil de la porte. Elle était vêtue d'une robe noire de femme de chambre.

– Huguette, allez me chercher de quoi faire un pansement. Et dépêchez-vous, ne restez pas plantée là avec votre œil de veau cuit. Ce que vous pouvez être empotée, ma pauvre fille ! Allez, vite !

– Voilà, voilà, Madame Gregor, répondit la servante, d'une voix qui grinçait comme une vieille porte.

Elle s'éloigna aussitôt, à petits pas précipités.

– Madame Gregor ? s'exclama Waldo.

– Catriona Gregor, répondit la femme en rouge. Ne vous inquiétez pas, mes enfants. Ici, vous êtes chez moi, dans mon auberge, et quand on est chez moi, on n'a rien à craindre de personne !

Le bref regard qu'échangèrent Waldo et Mirabelle exprimait la même inquiétude : c'était cette femme-là qu'ils étaient censés terroriser en lui faisant croire au fantôme de Fernand Goulot !

Chapitre 4
Une voix d'outre-tombe

La pièce n'était pas très éclairée. De petites fenêtres aux rideaux roses et blancs laissaient entrer un peu de jour et une lampe allumée sur une table basse, devant le canapé, diffusait une lumière ocre. Entre les poutres de bois sombre du plafond, de petites marmites de cuivre rouge étaient suspendues par des chaînes. Aux murs, des gravures anciennes représentaient des personnages rigolards coiffés de tricornes et vêtus de redingotes cramoisies. Installé sur un comptoir d'acajou en forme de bar, un gros chat roux faisait semblant de dormir à côté d'un pot de fleurs, le nez dans sa patte, les yeux mi-clos, l'oreille aux aguets. D'une salle contiguë, on entendait des bruits de vaisselle et des conversations diffuses ponctuées d'éclats de rire.

– Huguette ! Ça vient, ce pansement ? tonna Catriona Gregor.

Le chat rabattit ses oreilles en arrière et ouvrit tout grand un œil qu'il s'empressa de refermer après s'être assuré que ces clameurs ne le concernaient pas.

– Voilà, voilà, Madame Gregor.

La servante grassouillette revint avec une bouteille de désinfectant, du coton et des bandages.

– Donnez-moi ça, Huguette, et allez chercher quelque chose à manger pour ces enfants, ils doivent mourir de faim après toutes ces émotions. Allons, dépêchez-vous ! Quelle mollasse vous faites, ma pauvre fille !

– Voilà, voilà, Madame Gregor, répondit la servante de sa voix éraillée.

– Voyons cette blessure, dit Catriona en se penchant sur le genou de Waldo. Au fait, je ne connais même pas ton nom, mon pauvre ange. Comment dois-je t'appeler ?

Waldo hésita un instant. Fernand Goulot avait peut-être parlé de ses neveux à Catriona. S'il donnait son vrai prénom, il risquait de se trahir.

– Jonathan, dit-il, presque timidement.

C'était son deuxième prénom.

– Moi, c'est Charlotte, dit Mirabelle.

C'était également son deuxième prénom.

– Jonathan et Charlotte ! Ce sont des noms de riches ! Avec des prénoms comme ça, qu'est-ce que vous êtes venus faire dans ce quartier ?

– Rien... On se promenait... bredouilla Waldo. C'est joli, par ici...

– Joli, mais pas très distingué ! Vous ne trouverez pas beaucoup de Jonathan et de Charlotte dans les environs ! dit Catriona en éclatant de rire. Huguette ! Qu'est-ce qu'elle fiche encore, cette limace ?

– Voilà, voilà, Madame Gregor, grinça la petite servante replète.

Elle réapparut, ployant sous la charge d'un immense plateau qui débordait de saucisses, jambonneaux, tourtes, tartes et terrines, crèmes, crêpes et chocolat. Le fumet des cochonnailles tira le chat roux de sa torpeur. Il se leva, s'étira en faisant le dos rond, sa queue touffue dressée comme un piquet, puis bâilla longuement.

Catriona avait fini de panser le genou de Waldo. Elle arracha le plateau des mains de la servante et le déposa sur la table basse sans le moindre effort, comme s'il n'avait pas pesé plus lourd qu'une serviette en papier.

– Je vous laisse, mes enfants, dit-elle, il faut que j'aille m'occuper des clients. Mangez tout ce que vous voudrez, je reviendrai tout à l'heure. Toi, Slurp, ne touche à rien, tu es déjà assez gras comme ça, ajouta-t-elle à l'adresse du chat. Et vous, Huguette, du nerf, ma fille ! Regardez-moi ça, on dirait une plâtrée de nouilles cuites ! Allez, au travail !

– Voilà, voilà, Madame Gregor, couina la servante rondelette en suivant sa patronne dans la salle d'à côté.

Waldo se jeta sur une saucisse et en avala la moitié d'une seule bouchée.

– Tu as vu ça ? dit-il, la bouche pleine.

– Je vois... C'est écœurant, répliqua Mirabelle en le regardant avec dégoût.

– Je veux dire : tu as vu comment j'ai réussi à trouver Catriona Gregor ? Tu pourrais me féliciter !

– Tu n'y es pour rien ! C'était un coup de chance !

– Un coup de chance ? On voit bien que ce n'est pas toi qui t'es fait mal au genou...

– Pour quinze millions, ça vaut la peine de souffrir un peu...

– Surtout quand ce sont les autres qui souffrent... ajouta Waldo.

Entre-temps, Slurp le chat avait sauté à bas du comptoir. Il s'approcha nonchalamment du plateau et, d'un coup de patte, s'appropria une rondelle de saucisson.

– Ça y est ? Les animaux sont servis ? Alors, à mon tour... dit Mirabelle en prenant avec une délicatesse exagérée un morceau de tarte.

Waldo engloutit le reste de sa saucisse, puis il attrapa un jambonneau et y mordit à pleines dents.

– On n'est pas venus ici pour se goinfrer de charcutailles ! protesta Mirabelle. Il serait peut-être temps de réfléchir à ce qu'on va faire...

– Ça va être dur... dit Waldo en mastiquant à grand bruit.

– De réfléchir ?...

– Non, de faire peur à cette bonne femme. Elle ne se laissera jamais impressionner par une histoire de fantôme...

Mirabelle hocha longuement la tête en grignotant du bout des dents son morceau de tarte.

– Huguette, dit-elle au bout d'un moment.

– Huguette ?

– Elle est suffisamment idiote pour croire aux revenants. Si on arrive à lui faire peur, peut-être que sa patronne aura peur aussi...

– Comment on fait pour imiter un fantôme ?

– Facile. Un fantôme, ça déplace des objets,

ça pousse des cris à glacer le sang, ça fait cliqueter des chaînes, et même... ça parle...

– C'est ce qu'on appelle une voix d'outre-tombe...

– J'ai une idée ! s'exclama soudain Mirabelle.

– Aïe !

– Tu te souviens de mon anniversaire, l'année dernière, quand l'oncle Fernand m'a offert une radiocassette ?

– La plus chère qu'il avait trouvée... Papa a cru qu'il l'avait volée...

– Ce jour-là, on a enregistré Tonton Fernand.

– Il a même chanté une chanson...

– En trafiquant un peu la cassette, on pourrait peut-être la fabriquer, la voix d'outre-tombe...

Waldo reposa l'os du jambonneau qu'il venait de dévorer. Il regarda sa sœur avec des yeux ronds.

– Ma parole, c'est pas bête... murmura-t-il d'un air surpris.

– Il faudrait revenir en pleine nuit et organiser une bonne mise en scène… Dans la chambre d'Huguette, par exemple… En espérant qu'elle habite ici…

– On peut être prêts dès la nuit prochaine, assura Waldo. Il nous reste l'après-midi pour préparer la cassette.

– Il faut trouver le moyen d'entrer ici sans se faire prendre.

– Ça, je m'en occupe…

Waldo se leva et s'approcha de l'une des fenêtres qui ouvraient sur l'arrière de la maison.

– Il y a un petit mur, là-bas. On passera par-dessus pour pénétrer dans le jardin, chuchota-t-il.

– Et après ?

– Après, on verra bien… Il faudra commencer par trouver la chambre d'Huguette…

– Qu'est-ce que tu fais là, toi ? ! tonna alors la voix de Catriona Gregor.

Waldo fit un tel bond qu'il faillit se cogner la tête contre une poutre du plafond. Mirabelle était devenue toute pâle. La patronne de

L'Auberge d'Édimbourg entra au pas de charge dans la pièce.

– Ah, je t'y prends ! s'écria-t-elle.

Et elle se précipita sur Slurp le chat, qui était en train de voler une saucisse. Catriona la lui arracha des griffes et repoussa le gros chat roux d'un geste qui l'envoya rouler aux pieds de Waldo.

– Que je t'y reprenne, maudit goinfre ! hurla madame Gregor.

Le chat se remit sur ses pattes et disparut sous le bar.

– Mais vous n'avez rien mangé, mes pauvres enfants ! s'exclama Catriona en regardant le plateau de victuailles d'un air navré. Vous n'aimez pas ça ?

Elle paraissait si désolée que Waldo et Mirabelle se sentirent soudain tout penauds.

– Si, si, c'est très bon, assura Mirabelle. D'ailleurs, j'en reprends…

Elle prit une crêpe qu'elle mangea à petites bouchées délicates, comme sa mère le lui avait appris. Waldo, lui, se précipita sur une tartine de pâté qu'il avala gloutonnement, contrairement à ce que sa mère lui avait appris.

– J'aime qu'on se sente à l'aise chez moi, dit Catriona. Comment va ton genou ?

– Très bien, marmonna Waldo, la bouche pleine. Je n'ai plus mal du tout.

– À la bonne heure ! s'exclama Catriona avec un grand sourire. Mange, mon garçon, mange bien... Et toi aussi, ma grande. Tu m'as l'air un peu pâle. Il faut prendre des forces, dans la vie. On ne sait jamais ce qui peut arriver !

– Ça, c'est bien vrai, approuva Waldo.

Et il salua la pertinence de cette remarque en engloutissant une énorme bouchée de pâté.

Chapitre 5
Terreur dans la nuit

– Vous m'enteeennndez ? ? ? Allez, réveillez-vous ! Ha ! Ha ! Ha ! Je suis revenu ! Vous m'enteeennndez ? ? ? Ha ! Ha ! Ha ! Tout le monde m'appelle Fernand ! Ha ! Ha ! Ha ! Vous m'enteeennndez ? ? ?

Il avait fallu à Waldo et Mirabelle deux heures de patience et d'efforts pour parvenir à faire dire ces paroles à l'oncle Fernand.

Convaincre Catriona Gregor qu'elle pouvait les laisser rentrer chez eux sans crainte de les voir mourir de faim n'avait pas été facile. La patronne de L'Auberge d'Édimbourg avait fini par consentir à leur départ, à la seule condition qu'ils promettent de revenir la voir chaque fois qu'ils passeraient dans le quartier. De retour à la maison, ils s'étaient aussitôt mis au travail. Ils avaient soigneusement choisi et recopié quelques-uns des propos enregistrés par leur oncle le jour de l'anniversaire de Mirabelle. Le « Vous m'enteeennndez ? », scandé d'une belle voix de basse, était tiré de *la Complainte de Mandrin*, qu'il avait tenu à chanter à la fin du repas. Monsieur Dulancier avait écouté la chanson d'un air d'autant plus consterné que le niveau de sa bouteille de whisky préféré diminuait d'un cran à la fin de chacune des neuf strophes. Le « Allez, réveillez-vous ! » était extrait d'une des premières phrases enregistrées par Fernand Goulot. Lorsque Mirabelle avait mis le magnétophone en marche, monsieur et madame Dulancier, saisis d'un soudain accès de timidité, étaient restés muets. « Eh bien, dites quelque chose ! s'était alors écrié l'oncle Fernand. Allez, réveillez-vous ! Richard, mon vieux, vous qui nous faites toujours des leçons de morale, c'est le moment d'en graver une pour la postérité ! » Le « Je suis revenu ! » avait été prononcé un peu plus tard. « Vous voyez, Richard, je ne suis pas rancunier, avait dit l'oncle. La dernière fois, vous n'avez pas été très aimable avec moi, mais ça ne fait rien : je suis revenu ! J'adore votre whisky ! » À un moment, madame Dulancier s'était fâchée contre Waldo qui avait appelé son oncle « Fernand » tout court. « On dit " Tonton Fernand ", avait-elle corrigé. – Mais laisse-le donc ! avait répliqué l'oncle. Tout le monde m'appelle Fernand, pourquoi pas mes neveux ? » Quant aux rires, Waldo et Mirabelle avaient eu l'embarras du choix. Fernand Goulot passait rarement plus d'une minute sans éclater d'un rire tonitruant.

Le montage obtenu était satisfaisant : le son était bon, la coupure entre les morceaux de phrases quasiment imperceptible. C'était une voix d'outre-tombe très acceptable.

Le soir venu, Richard Dulancier était rentré du bureau la mine sombre. Les affaires marchaient mal.

– Deux mois sans la moindre commande,

avait-il soupiré. Il n'y a plus d'avenir dans l'emballage… Si ça continue comme ça, ce sera bientôt la faillite ! Quand je pense que nous aurions pu hériter de…

– N'en parlons plus, avait coupé madame Dulancier. Nous n'avons pas besoin de cet argent. Les affaires finiront bien par reprendre.

– Si seulement les enfants arrivaient à…

– Oublions tout cela, Richard…

– Même mort, ce bon à rien se moque de nous !

– Richard ! C'est de mon frère que tu parles…

Monsieur Dulancier s'était tu et le reste de la soirée s'était passé dans un lourd silence.

*
* *

Lorsque les lumières de la maison se furent éteintes, Waldo et Mirabelle attendirent un long moment. Vers minuit, les ronflements lointains de leur père les rassurèrent : les mauvaises affaires de la société Dulancier & Cie ne l'empêchaient pas de dormir. Munis de la radiocassette, ils sortirent par une fenêtre du rez-de-chaussée, prirent leurs vélos et franchirent sans bruit la grille du jardin. Waldo avait réussi à changer de vêtements avant que sa mère ne s'aperçoive de sa blessure au genou et de son pantalon déchiré. Tout comme sa sœur, il s'était habillé de couleurs sombres pour mieux se fondre dans la nuit.

– Tu crois vraiment que Papa va faire faillite ? demanda Mirabelle, tandis qu'ils roulaient le long de l'avenue.

– Tonton Fernand, ça l'aurait plutôt fait rire, la faillite de Papa...

– Moi, ça ne me ferait pas rire du tout... Je n'ai pas envie d'être pauvre...

– Les gens comme Papa ne deviennent jamais pauvres, assura Waldo. Ils font des dettes, c'est tout...

*
* *

Waldo et Mirabelle attachèrent leurs vélos à un vieux réverbère, dans une ruelle proche de *L'Auberge d'Édimbourg.*

Waldo avait rangé la radiocassette dans son sac à dos.

Le jardin qui entourait l'auberge débordait d'arbres et de buissons toujours verts, malgré la saison froide. L'endroit rêvé pour se cacher. Le ciel couvert masquait la clarté de la lune et l'éclairage de la rue Stevenson laissait de vastes zones d'ombre propices aux cambrioleurs, aux assassins... et aux fantômes. À droite de l'auberge, une petite allée longeait un muret, à la limite du jardin, puis formait une courbe et rejoignait une autre rue. Waldo et Mirabelle s'engagèrent dans l'allée déserte. Une trentaine de mètres plus loin, ils escaladèrent le muret et se retrouvèrent au fond du jardin, derrière l'auberge. Il était minuit et demi. Seules quelques fenêtres du rez-de-chaussée étaient éclairées.

– Reste ici, dit Waldo. Je vais voir ce qui se passe à l'intérieur.

Il posa par terre son sac à dos, puis s'approcha avec précaution de la maison en se cachant derrière les arbres.

Le plus proche de l'auberge était un grand magnolia dont les branches caressaient les fenêtres du premier étage. Marchant à quatre pattes, Waldo s'avança jusqu'à l'une des fenêtres du rez-de-chaussée et jeta prudemment un regard à travers le carreau. Quelques lumières étaient allumées, mais il ne vit personne. Il entendit alors retentir la voix de Catriona.

– Huguette, ma pauvre fille, vous avez l'air de tomber de sommeil et, pourtant, vous avez passé la journée à vous tourner les pouces ! Regardez-moi ça ! On dirait un bout de guimauve ! Allez vous coucher, ça vaudra mieux. J'éteindrai moi-même. Vite ! Dépêchez-vous de vous mettre au lit !

– Voilà, voilà, Madame Gregor, répondit la petite voix criarde de la servante.

Waldo vit passer la silhouette boudinée d'Huguette qui monta un escalier. Quelques instants plus tard, Catriona Gregor apparut à son tour. Elle éteignit les dernières lampes encore allumées et monta elle aussi l'escalier.

Waldo, immobile, observa la façade. Une lumière s'alluma au premier étage. Quelqu'un ouvrit la fenêtre et se pencha pour tirer les volets. C'était Huguette. Waldo attendit encore, mais aucune autre fenêtre ne s'alluma. Le rez-de-chaussée était plongé dans l'obscurité. On n'entendait plus le moindre bruit. Waldo se tourna vers sa sœur restée au fond du jardin et lui fit signe d'approcher. Mirabelle ramassa le sac à dos et s'avança silencieusement en se cachant derrière les arbres, comme son frère.

– Fais le tour de la maison et va voir s'il y a une lumière de l'autre côté, lui chuchota Waldo.

Mirabelle déposa le sac et contourna la maison. Elle revint quelques instants plus tard.

– Il y a une fenêtre allumée au deuxième étage, murmura-t-elle.

– C'est sûrement la chambre de Catriona. Il vaut mieux qu'elle soit de l'autre côté, ça nous laissera le temps de nous éclipser en cas de besoin.

Waldo et Mirabelle attendirent un moment. Quelques minutes plus tard, la lumière s'éteignit dans la chambre d'Huguette. Mirabelle alla surveiller l'autre côté de la maison. Lorsque la fenêtre de Catriona se fut éteinte à son tour, Waldo mit son sac à dos sur ses épaules.

– Je vais monter à l'arbre pour être le plus près possible de la fenêtre, chuchota-t-il. Toi, préviens-moi si tu vois quelqu'un arriver.

Il escalada en souplesse le tronc du magnolia et s'assit à califourchon sur une branche à la hauteur du premier étage. La fenêtre d'Huguette était presque à portée de main. À travers les volets, il entendit des ronflements réguliers. La servante était déjà profondément endormie.

Waldo sortit la radiocassette de son sac à dos et la mit en marche.

– Vous m'enteeennndez ? ? ? Allez, réveillez-vous ! Ha ! Ha ! Ha ! Je suis revenu ! gronda la voix de basse de l'oncle Fernand.

Waldo arrêta la cassette. Il tendit l'oreille. Les ronflements d'Huguette ne s'étaient pas interrompus. Il monta légèrement le son et remit l'appareil en marche..

– Vous m'enteeennndez ? ? ? Ha ! Ha ! Ha ! Tout le monde m'appelle Fernand ! Ha ! Ha ! Ha ! Vous m'enteeennndez ? ? ?... poursuivit la voix de l'oncle défunt.

Dans le silence revenu, les ronflements de la servante continuèrent de retentir. Waldo rembobina la cassette et augmenta encore le son.

– Tout le monde m'appelle Fernand ! Ha ! Ha ! Ha ! Vous m'enteeennndez ? ? ?... reprit la voix enregistrée.

À l'autre extrémité de la maison, des volets s'ouvrirent alors brusquement et une silhouette apparut.

– Je t'entends très bien, mon p'tit pote ! rugit une voix grasseyante et sonore. Moi, je m'appelle Marcel, et maintenant, tu vas la fermer parce que moi, demain matin, je bosse, et j'aimerais bien roupiller tranquille ! Vu ?

Waldo se recroquevilla sur sa branche, retenant son souffle. Mirabelle se fit toute petite au pied de l'arbre.

Pendant quelques instants, il régna un épais silence. La silhouette immobile resta penchée à la fenêtre. L'homme scrutait l'obscurité du jardin. Seul le bruit régulier des ronflements d'Huguette parvenait aux oreilles de Waldo. La servante continuait de dormir paisiblement.

Chapitre 6
Tapage nocturne

Des coups frappés contre une porte retentirent soudain. Waldo et Mirabelle entendirent la voix étouffée de Catriona :

– Que se passe-t-il, monsieur Marcel ? Je vous ai entendu crier.

– Un rigolo qui s'amuse à beugler en pleine nuit dans le jardin, répondit la voix grasseyante. Mais je ne me suis pas laissé faire, moi ! Je lui ai répondu du tac au tac et croyez-moi qu'il l'a fermée ! Je n'ai pas la langue dans ma poche, moi !

– Vous avez bien raison, vous ! répondit Catriona avec une pointe d'ironie.

– « Tout le monde m'appelle Fernand »,

qu'il disait. Et vous savez ce que je lui ai répondu, moi ?

– Que vous vous appeliez Marcel et qu'il ferait mieux de se taire.

– Exactement, madame Gregor.

– Je comprends que ça lui ait cloué le bec… Il s'appelait Fernand, vous dites ?

– Ouais, et il riait comme un ivrogne en demandant si on l'entendait.

L'ample silhouette de Catriona Gregor surgit à la fenêtre. À son tour, elle scruta les ténèbres.

– Oh ! Là-bas ! Il y a quelque chose qui bouge ! Regardez, monsieur Marcel !

– Bon Dieu ! Vous avez raison ! C'est quelqu'un qui se cache dans le jardin !

Waldo, cramponné à sa branche, cessa de respirer, Mirabelle s'aplatit face contre terre, comme si elle avait cherché à creuser une galerie.

– Je vais aller voir ce qui se passe, moi ! proposa courageusement monsieur Marcel. Vous n'auriez pas un fusil ?

– Non, mais j'ai une poêle en fonte... répondit Catriona d'un ton décidé.

Waldo les vit alors s'éloigner de la fenêtre. Il avala une longue bouffée d'air, comme s'il remontait d'une plongée en apnée. Avec des gestes tremblants, il fourra la radiocassette dans son sac à dos et redescendit de l'arbre en se laissant presque tomber à terre. Parvenu au pied du magnolia, il fit signe à sa sœur de le suivre à l'abri d'un enchevêtrement d'arbres et de buissons.

– Si on se fait prendre, on est bons pour aller rejoindre l'oncle Fernand au cimetière, souffla Waldo.

Ils avaient eu tout juste le temps de se jeter à plat ventre sous l'épaisseur d'un feuillage opaque, lorsque Catriona et monsieur Marcel réapparurent dans le jardin. La patronne de l'auberge était vêtue d'une robe de chambre à fleurs rouges et tenait à la main une large poêle qu'elle brandissait avec détermination, à la manière d'un policier agitant sa matraque avant de fracasser un crâne. Les fleurs rouges de la robe de chambre brillaient à la lueur d'une lampe torche dont monsieur Marcel, vêtu d'un pyjama à rayures, dirigeait le faisceau droit devant lui. Blottis dans l'obscurité, Waldo et Mirabelle virent s'approcher l'ombre menaçante de la poêle en fonte. Le faisceau de la torche balaya les buissons et les aveugla.

– C'était par là-bas que ça bougeait, dit monsieur Marcel. Oh ! Regardez ! Ça bouge encore !

L'homme dirigea brusquement la torche vers le fond du jardin. Une silhouette jaillit alors de derrière un arbre et se rua vers le muret. La patronne de l'auberge se précipita, la poêle en avant, suivie de monsieur Marcel.

– Viens là que je t'assomme, toi ! s'écria-t-elle.

Éberlués, Waldo et Mirabelle virent la silhouette du fuyard franchir le muret avec l'agilité d'un singe. Au même moment, monsieur Marcel trébucha et s'étala de tout son long sur le sol, lâchant la torche, qui se brisa sous le choc. Le jardin fut soudain plongé dans l'obscurité.

Catriona Gregor essaya à son tour d'enjamber le muret, mais sa corpulence lui interdisait ce genre d'exercice ; elle tomba lourdement sur une plate-bande en proférant un chapelet de jurons.

– Tenez bon, j'arrive ! s'exclama monsieur Marcel.

Des volets s'ouvrirent alors au premier étage de l'auberge et un cri strident retentit dans la nuit noire.

– Madame Gregor ! Madame Gregor ! Il y a quelqu'un dans le jardin ! hurla Huguette de sa voix de vieille porte rouillée.

– C'est moi qui suis dans le jardin, sombre gourde ! fulmina la patronne de l'auberge en se relevant péniblement.

– Où êtes-vous, madame Gregor ? demanda monsieur Marcel. Je n'y vois plus rien, moi !

– Allez chercher de la lumière, imbécile ! ordonna Catriona.

– Imbécile, moi ? s'insurgea monsieur Marcel.

– Mais non, pas vous ! Huguette, crème

d'idiote, faites ce que je vous dis au lieu de hurler comme une bécasse !

– Voilà, voilà, madame Gregor, grinça la servante rondelette.

– Qu'est-ce que c'est que ce chahut ? s'écria une voix de mégère en provenance de la maison voisine. Vous avez vu l'heure qu'il est ?

– Taisez-vous ! Vous allez réveiller tout le quartier ! répliqua Catriona avec fureur.

– C'est moi qui réveille le quartier ? s'insurgea la mégère. Vous ne manquez pas de culot ! Ce n'est pas parce que vous avez une auberge qu'il faut vous croire tout permis !

– Qui est-ce qui fait tout ce raffut ? intervint une autre voix, une voix d'homme, cette fois.

– C'est la gargotière et son chauffeur de taxi ! répondit la mégère.

– Tu sais ce qu'elle te dit, la gargotière, vieille relique ? s'insurgea Catriona.

– Vous avez fini de faire la foire ? gronda l'homme.

– Vous croyez que ça nous amuse de courir

après des cambrioleurs ? protesta monsieur Marcel.

– Des cambrioleurs ! Il fallait s'y attendre ! s'exclama la mégère. Voilà ce qui arrive quand on a de mauvaises fréquentations !

– La police ! Il faut appeler la police ! glapit l'homme.

Huguette arriva à ce moment-là avec une lampe électrique.

– Vous avez mis le temps, espèce de mollusque ! rugit la patronne de l'auberge. Venez, Monsieur Marcel, vous prendrez bien un petit sandwich au pâté pour vous remettre ?

– C'est pas de refus, approuva monsieur Marcel. Avec le froid qu'il fait !

– Je vais vous servir un ballon de rouge, ça vous réchauffera.

– Vous me gâtez, madame Gregor.

– Les clients comme vous, on les soigne, monsieur Marcel.

– C'est ça, allez donc vous soûler ! lança la mégère. J'aimerais pas être dans son taxi quand il prendra son service, celui-là !

– Mon taxi, t'as pas les moyens de te le payer, face de poulpe ! répliqua monsieur Marcel. Vous avez entendu ça, madame Gregor ? ajouta-t-il dans un grand éclat de rire. Face de poulpe ! C'est que je n'ai pas la langue dans ma poche, moi !

Quelques instants plus tard, toutes les fenêtres s'étaient refermées et le silence était revenu dans le jardin.

– On a eu chaud, murmura Waldo.

– Façon de parler. Je suis frigorifiée, répondit Mirabelle. Qu'est-ce qu'on attend pour filer ?

– Que tout le monde soit recouché.

Au bout d'un quart d'heure, les lumières s'étaient éteintes dans l'auberge. Waldo décida d'attendre encore un moment, puis il fit signe à Mirabelle de le suivre.

Prudemment, il s'avança presque à quatre pattes parmi les arbres et les buissons. Parvenu au fond du jardin, il observa longuement la façade de l'auberge. Rien ne bougeait.

Ils enjambèrent alors le muret et se hâtèrent d'aller récupérer leurs vélos.

*
* *

Waldo et Mirabelle pédalèrent en silence pendant un bon moment. La même question les tracassait. Ce fut Mirabelle qui la posa la première.

– C'était qui, à ton avis, le type caché dans le jardin ?

– Peut-être un fantôme, qui sait ?

– Tu penses qu'il nous a vus ?

– Les fantômes voient tout.

– Tu crois vraiment que c'est le moment de rigoler ?

– Tous les moments sont bons pour rigoler.

– Et si on perd les quinze millions, ça te fera rire ?

– On a encore vingt-neuf jours pour les gagner.

– Il faudrait avoir de meilleures idées que celle-là.

– C'était ton idée… rappela Waldo.

Mirabelle ne répondit pas. Arrivés devant le

portail de leur maison, ils rentrèrent chez eux aussi silencieusement qu'ils en étaient partis et regagnèrent leurs chambres. Quelque part au premier étage, leur père continuait de ronfler. Il avait dû prendre un somnifère.

– Tu as une autre idée pour la suite ? demanda Mirabelle d'un air soucieux.

– On croirait entendre Papa. À peine revenu du bureau, il s'occupe déjà de ce qu'il fera le lendemain... Cherche une idée si tu veux, moi, je vais me coucher.

– Tu ne penses qu'à dormir !

– Je suis crevé ! Je n'imaginais pas que c'était si fatigant de gagner de l'argent...

Chapitre 7
À bas le travail manuel !

– Je les ai vus, moi ! s'écria monsieur Marcel. Regardez, madame Gregor, ils sont là-bas. Vite ! Attrapez-les !

Catriona Gregor avait empoigné un marteau et se précipitait sur Waldo réfugié au fond du jardin. Il s'accrocha désespérément au muret, essaya de se hisser, mais ses forces l'abandonnaient. Ses bras étaient devenus flasques et mous comme de la guimauve. Il lâcha prise et retomba à terre. Catriona dressée au-dessus de lui le dominait de toute sa puissance, comme une montagne écarlate.

Elle leva son marteau et l'abattit sur le muret à grands coups violents, réguliers, qui fracassaient la pierre. Waldo se protégea la tête de ses mains, puis il se redressa brusquement dans son lit, arraché au sommeil par le vacarme des coups de marteau qui ébranlaient la maison. La mine en bataille, il bondit hors de sa chambre. Quel était l'imbécile qui tapait comme un sourd en pleine nuit ?

– En pleine nuit ? Il est onze heures du matin ! s'indigna madame Dulancier.

– Qu'est-ce qui se passe ?

– Papa a fait venir des serruriers pour blinder la maison. On a eu la visite de cambrioleurs, cette nuit.

– Des cambrioleurs ?

– Il y avait des traces de pas dans le jardin, sous une fenêtre de la salle à manger. Tu n'as rien entendu, bien sûr ? Ta sœur non plus. On ferait exploser de la dynamite sous votre lit, vous continueriez à dormir comme des souches.

– Et vous... Vous avez entendu quelque chose ?

– Papa avait pris un somnifère, à cause de ses soucis, et moi, je suis tellement fatiguée...

Les coups de marteau avaient redoublé d'intensité. Toute la maison tremblait à s'en écrouler.

– Ça va durer longtemps, ce boucan ? fulmina Waldo.

– Tu préfères qu'on vienne nous assassiner et qu'on nous vole tout ? Désormais nous serons en sécurité.

– Ça va être gai... Où est Mirabelle ?

– Dans la cuisine.

Le nez dans un bol de chocolat, Mirabelle leva un regard maussade sur son frère, qui s'assit en face d'elle.

– À bas le travail manuel ! bougonna-t-elle au milieu des coups de marteau.

– C'est bête, on n'a pas pensé à effacer nos traces, dit Waldo en se versant un bol de chocolat.

– Il n'y avait pas que les nôtres...

Waldo laissa en suspens la tartine qu'il s'apprêtait à tremper dans son bol.

– Qu'est-ce que tu racontes ?

– J'ai été voir. À côté de nos traces, il y en

avait d'autres, beaucoup plus grandes. Le type doit chausser au moins du 43 et il a des semelles bizarres avec un gros rond au milieu et des petits ronds tout autour.

– C'est peut-être Papa ?

– T'as déjà vu Papa marcher dans les plates-bandes ? Non, c'est sûrement le type qui était caché au fond du jardin. Il a dû observer notre petit manège et il nous a suivis pour savoir qui nous étions. Nous sommes démasqués avant même d'avoir commencé. Fiasco total !

Waldo trempa sa tartine dans le bol. Des gouttes de chocolat tombèrent sur son pyjama.

– Et en plus, mon frère est un cochon !

– En tout cas, l'homme du jardin n'était pas un ami de Catriona, sinon il ne se serait pas enfui, assura Waldo en plantant ses dents dans la tartine dégoulinante de chocolat. Il a dû croire qu'on était des farceurs.

– Pourquoi aurait-il pris la peine de suivre des farceurs à travers toute la ville ? Et jusque sous nos fenêtres ?

– C'était peut-être un vrai cambrioleur...

Un morceau de la tartine imbibée de chocolat tomba sur les genoux de Waldo.

– Dégoûtant ! s'indigna Mirabelle. Au lieu de te goinfrer comme un porc, tu ferais mieux de réfléchir à ce qu'on va faire !

– C'est tout réfléchi. On va retourner dès aujourd'hui à L'Auberge d'Édimbourg. Pour bien hanter une maison, il faut la connaître dans ses moindres recoins. Puisque Catriona nous a invités à revenir la voir, profitons-en ! Quand nous serons sur place, on finira bien par avoir des idées.

– Elle va trouver ça suspect de nous voir deux fois en deux jours.

– On ne gagne pas quinze millions sans prendre de risques !

– Waldo et Mirabelle ! J'aurais besoin de vous, annonça madame Dulancier en surgissant comme un ouragan. Il faut que vous m'aidiez à faire les courses pour Noël. Dépêchez-vous de vous habiller ! Noël, c'est du travail ! Ce n'est pas le moment de s'amuser ! Qu'est-ce que c'est que ces cochonneries ? ajouta-t-elle en se penchant sur le pyjama de Waldo taché de chocolat.

Au même moment, des coups de marteau d'une violence frénétique firent craquer la maison de toutes parts. Un morceau de plâtre tomba du plafond dans le bol de chocolat, projetant des éclaboussures gluantes sur madame Dulancier.

Elle poussa un cri d'horreur et contempla avec consternation sa robe de soie constellée de taches brunes.

Waldo et Mirabelle aussi avaient l'air consterné : ce n'était certainement pas aujourd'hui qu'ils pourraient retourner à L'Auberge d'Édimbourg.

Chapitre 8
À bas les vacances !

Le lendemain, Waldo et Mirabelle s'étaient levés de bonne heure. Madame Dulancier, prise de court, n'avait pas eu le temps de songer aux corvées qu'elle aurait pu leur imposer à la veille du réveillon et s'était résignée à les laisser partir. Avec sa porte et ses volets blindés, la maison ressemblait à présent à un gros coffre-fort.

– Si on perd la clé, il faudra un chalumeau pour rentrer chez nous, ronchonna Waldo.

– Il vaudrait mieux creuser un trou dans le mur, ça doit être plus facile que de forcer la porte, ajouta Mirabelle.

Lorsqu'ils arrivèrent en vue de l'auberge, un taxi stationnait devant la porte et la silhouette écarlate de Catriona gesticulait sur le trottoir, tandis qu'Huguette traînait d'énormes valises en direction de la voiture.

– Ma pauvre fille, vous avez du jus de carotte dans les biceps ! hurlait Catriona Gregor à travers toute la rue. Dépêchez-vous donc, espèce d'emplâtre !

– Voilà, voilà, madame Gregor, bredouilla la servante d'une voix essoufflée.

Catriona aperçut alors Waldo et Mirabelle qui avaient arrêté leurs vélos au bord du trottoir.

– Mes chéris ! s'écria-t-elle avec un large sourire en se précipitant sur eux.

Elle serra Waldo contre son énorme poitrine.

– Comment va ton genou, mon pauvre petit ? Mieux, on dirait ?

Ce fut au tour de Mirabelle de subir l'opulente étreinte.

– Et toi, ma grande, tu as l'air si pâle ! Ma parole, on te laisse mourir de faim chez toi ! Venez, venez, mes enfants, vous allez manger quelques tartines de pâté, ça va vous donner meilleure mine. Huguette ! Mettez les valises dans le taxi et dépêchez-vous d'aller faire des sandwichs à ces enfants. Remuez-vous un peu, bougre de courge ! J'ai un avion à prendre, moi !

– Voilà, voilà, Madame Gregor !

Catriona entraîna Waldo et Mirabelle en direction de la maison.

– Vous… vous partez ? s'inquiéta Waldo.

– Comme tous les ans. À l'époque de Noël, je ferme pendant trois semaines.

Abasourdis, Waldo et Mirabelle échangèrent un regard de panique tandis que Catriona les poussait à l'intérieur de l'auberge. Monsieur Marcel, la trogne rougeaude sous une casquette grise, était accoudé au bar devant un verre de vin blanc presque vide.

– Je vous présente Jonathan et Charlotte, lança joyeusement Catriona. Les pauvres chéris, ils ont une faim de loup. Je vous ressers un petit sauvignon, Monsieur Marcel ?

– C'est pas de refus. Avec tous les kilomètres

que j'ai à faire, j'ai besoin de prendre des forces, moi !

– Oh là là ! Vous avez vu l'heure ? dit Catriona en vidant une bouteille de vin blanc dans le verre du chauffeur de taxi. Il faut que je me prépare ! À tout de suite, les enfants !

Catriona Gregor disparut dans l'escalier. Monsieur Marcel but une longue gorgée de vin.

– Jonathan, c'est pas français, ça, fit-il observer. Ta grande sœur, au moins, elle a un nom bien de chez nous. J'avais une grand-mère qui s'appelait Charlotte, moi.

– Ce n'est pas ma grande sœur ! J'ai treize mois de plus qu'elle.

– Et moi, cinq centimètres de plus que...

– Ça suffit ! l'interrompit Waldo.

– Allons, ne vous disputez pas, conseilla monsieur Marcel. Noël, c'est pas fait pour se disputer...

– Vous... vous partez tous en vacances ? demanda Waldo.

– Ah çà, oui ! Tout le monde s'en va !

Madame Gregor prend l'avion pour Nice et Huguette passe Noël en famille à Montceau-les-Mines. Moi, je les accompagne à la gare et à l'aéroport et ensuite, je m'offre une petite virée dans la Drôme, chez ma sœur.

Huguette entra alors dans la pièce avec un plateau chargé de tartines.

– Huguette, je vous laisse ma clé sur le comptoir, annonça monsieur Marcel. Si je l'emporte, je risque de la perdre. Et dépêchez-vous, il faut être partis dans une demi-heure.

– Voilà, voilà, monsieur Marcel, répondit la servante de sa voix de chat enroué.

Waldo, effondré, s'était laissé tomber sur le canapé ; Mirabelle, la mine lugubre, restait debout près du comptoir.

– Eh bien, les enfants, vous ne mangez pas ? s'étonna monsieur Marcel, qui s'était jeté sur une énorme tartine.

– Comment ça, ils ne mangent pas ? rugit Catriona en se ruant dans la pièce comme un taureau furieux.

Elle portait à présent un manteau écossais à carreaux rouge et vert, un chapeau rose orné d'une plume de faisan, et elle tenait à la main une boîte grillagée d'où s'échappaient les miaulements furieux de Slurp le chat.

– Il faut qu'ils mangent, à leur âge ! s'exclama-t-elle. Ils sont tout maigres ! Allez, allez ! Du bon pâté comme ça !

Elle posa la boîte à chat sur la table basse et donna elle-même une tartine à Waldo et à Mirabelle, qui se mirent à mâchonner d'un air résigné. Fou de colère, Slurp s'agitait dans sa prison en crachant, sifflant, miaulant. La boîte glissa peu à peu et finit par tomber de la table. Sous le choc, le couvercle sauta, le chat bondit tel un diable roux et s'enfuit au galop, le poil hérissé comme un porc-épic.

– Slurp ! Maudit animal ! Reviens ici tout de suite ! Huguette ! Rattrapez-le ! Remuez-vous donc, fichue andouille !

– Je vais vous aider, moi ! déclara monsieur Marcel.

Il vida son verre d'un trait et se lança sur les talons de Catriona à la poursuite de son chat. Dès qu'ils eurent quitté la pièce, Mirabelle se précipita sur les tartines de pâté.

– Vite ! Mets ça dans tes poches, sinon, elle va nous obliger à les manger !

– Mets-les dans tes poches à toi !

– Elles sont trop petites !

D'autorité, Mirabelle fourra les tartines dans les poches du blouson de Waldo.

Au fond de l'auberge, on entendait les exclamations de Catriona entrecoupées de miaulements rageurs. Enfin, l'animal capturé retrouva sa cage.

– C'est bien, les enfants, vous avez tout mangé ! s'exclama Catriona en revenant, le chapeau de travers, la plume de faisan cassée et une longue estafilade sur la joue. Vous avez déjà meilleure mine ! Revenez me voir dans trois semaines, je vous ferai un petit goûter. En attendant, bonnes vacances ! Allons-y, monsieur Marcel, dépêchez-vous, Huguette ! Allez, allez, ma fille, votre train est dans vingt minutes et mon avion dans trois quarts d'heure !

– Voilà, voilà, Madame Gregor.

*
* *

Pendant un long moment, Waldo et Mirabelle pédalèrent en silence le long des rues étroites du quartier.

– C'est fichu, marmonna enfin Waldo. Il avait bien besoin de mourir à cette époque de l'année, l'oncle Fernand ! On vient de perdre quinze millions.

– Il reste une chance, dit Mirabelle.

Elle sortit une clé de la poche de son jean.

– C'est celle que monsieur Marcel a déposée sur le comptoir. J'ai réussi à la prendre discrètement. Elle doit sûrement ouvrir la porte d'entrée. S'il n'y a personne dans la maison, on aura tout le temps de préparer quelque chose. Quand Catriona reviendra, il se produira des tas de phénomènes bizarres dans l'auberge et elle trouvera partout des traces de l'oncle Fernand... Un vrai « palais de l'épouvante », comme dans les fêtes foraines...

Waldo s'arrêta au bord du trottoir. Il hocha la tête d'un air songeur.

– C'est pas si bête, ce que tu dis, murmura-t-il en souriant.

Machinalement, il plongea les mains dans les poches de son blouson et les en retira aussitôt en poussant un juron : elles étaient pleines de pâté.

– Décidément, quel cochon... soupira Mirabelle avec une grimace de dégoût.

Chapitre 9
Le palais de l'épouvante

La nuit de Noël, la rue Stevenson et ses environs étaient déserts : le moment idéal pour une expédition à *L'Auberge d'Édimbourg*.

– Noël c'est une belle nuit pour les fantômes ! avait dit Waldo.

Chez les Dulancier, la soirée du réveillon s'était passée comme tous les ans, en compagnie d'une grand-mère tremblotante et d'une vieille tante poudrée qui répandait sur le foie gras et les langoustes à la mayonnaise une odeur d'éponge imbibée de parfum. Vers une heure du matin, tout le monde dormait déjà dans la maison. Waldo et Mirabelle avaient ouvert leurs volets blindés et s'étaient faufilés au-dehors en faisant attention, cette fois, d'effacer leurs traces : pas la peine de risquer l'installation de barbelés électrifiés ! Waldo avait emporté du matériel, fil de Nylon, colle, élastiques et autres accessoires propices à la préparation de phénomènes surnaturels. Une nouvelle fois, ils avaient escaladé le muret, au fond du jardin, puis s'étaient glissés sans bruit jusqu'à l'entrée de l'auberge.

La porte s'était ouverte sans difficulté grâce à la clé de monsieur Marcel. Waldo avait allumé une torche. Les volets étaient soigneusement fermés, on ne risquait pas de remarquer leur présence de l'extérieur. Outre le bar, le rez-de-chaussée comportait une salle de restaurant et une cuisine impeccablement rangée.

– La cuisine et le bar... c'est là que le fantôme de l'oncle Fernand aurait aimé traîner ses chaînes, chuchota Waldo.

Près du comptoir, une dizaine de clés numérotées étaient accrochées à un tableau.

– Les clés des chambres. Il suffit de se servir, dit Mirabelle. On commence par où ?

– La chambre de Catriona. Deuxième étage, suivez le guide !

Tout en haut, l'escalier était barré par une porte marquée : « Privé ». Après avoir essayé plusieurs clés, ils finirent par trouver la bonne et pénétrèrent dans une vaste pièce aux murs en pente, aménagée sous le toit de la maison.

Deux gros fauteuils joufflus faisaient face à un canapé de cuir, parsemé de coussins brodés. Une télévision et une minichaîne posées sur une épaisse moquette rose pâle complétaient le décor. Les poutres de la charpente donnaient à l'ensemble un air de maison de campagne. Le faisceau de la torche éclaira une porte sur la droite. Waldo la poussa avec précaution et se retrouva dans un capharnaüm de vieilles malles, de coffres anciens, de boîtes poussiéreuses.

– Qu'est-ce que c'est que ce marché aux puces ? murmura Mirabelle.

Waldo ouvrit une boîte, puis une autre, une autre encore.

– Des photos, dit-il. Plein de photos, des lettres, des papiers, des cartes postales. Elle en a des souvenirs, Catriona…

– Forcément, à son âge… commenta perfidement Mirabelle en soulevant à son tour un couvercle. Oh ! Regarde ça !

Elle mit sous le nez de son frère l'image d'un homme au sourire goguenard, torse nu sur le pont d'un voilier, les poings sur les hanches, une casquette de marin rejetée en arrière.

– Tonton Fernand ! On reconnaît même son tatouage !

Sous l'épaule gauche de l'homme à la casquette, on distinguait nettement le dessin d'une grosse araignée qui semblait monter le long de son bras.

– Tu te souviens ? La peur de Maman chaque fois qu'il la montrait ?

– « Quelle horreur ! On dirait une vraie araignée ! » s'exclama Mirabelle en imitant la voix de sa mère.

– Et Papa : « Je suis peut-être un peu vieux

jeu, mais dans ma famille, on ne se déshabille pas en public ! Surtout pour montrer ça ! »

À la lueur de la torche, Fernand Goulot leur souriait et des souvenirs de fous rires leur revinrent en mémoire.

Dans la boîte, il y avait aussi plusieurs lettres.

– Des lettres de Fernand, murmura Waldo.

Il en compta six, qui commençaient toutes par *Catriona chérie.*

– Fais voir ! Fais voir ! s'écria Mirabelle.

– Attends ! C'est moi qui lis !... Eh ben, dis donc !

– Qu'est-ce qu'il dit ?

– Il était sacrément amoureux de Catriona...

– Montre !

– T'es un peu jeune pour comprendre... Oh ! Regarde, une autre photo !

Cette fois-ci, l'oncle Fernand était assis à la terrasse d'un café en compagnie d'une jeune femme qu'il tenait serrée contre lui.

– Catriona ! s'exclama Waldo.

– Avec une bonne quinzaine d'années et de kilos en moins... fit remarquer Mirabelle.

– Elle était super ! Fernand, lui, il n'a pas tellement changé.

La boîte contenait également deux coupures de journaux vieilles d'une douzaine d'années :

CAMBRIOLAGE DE LA VILLA PERONETTI :
UN SUSPECT ARRÊTÉ

À la suite, semble-t-il, d'une dénonciation, disait l'article, *un homme de trente-neuf ans, M. Fernand Goulot, a été arrêté hier matin. Il est soupçonné d'être l'auteur du cambriolage de la villa de M. Gonfio Peronetti, le riche collectionneur italien. Rappelons que le montant du vol, bijoux, argent liquide et objets d'art, s'élevait à plus d'un million de francs. « Le voleur n'a laissé aucune trace derrière lui, un véritable Arsène Lupin », avait alors déclaré le commissaire chargé de l'enquête.*

– Arsène Lupin ! Tu te rends compte ? Ce n'était pas n'importe qui, l'oncle Fernand ! s'exclama Mirabelle.

Une autre coupure portait en titre : L'AUTEUR

DU CAMBRIOLAGE DE LA VILLA PERONETTI CONDAMNÉ À CINQ ANS DE PRISON..

– Cinq ans ! Pauvre Fernand ! Ça fait long, cinq ans ! compatit Waldo. Et c'est Catriona qui l'a dénoncé ! Alors qu'il était amoureux d'elle ! J'en mangerai plus jamais, de son pâté !

– Peut-être même que c'était pour elle qu'il avait volé tout ça ?

– On lui fera payer sa trahison ! promit Waldo. Le fantôme de Tonton Fernand lui fichera la peur de sa vie ! C'est l'honneur de la famille qui est en jeu !

– Et, en plus, ça peut nous rapporter quinze millions, ajouta Mirabelle.

Les autres boîtes et coffrets ne contenaient rien d'intéressant. Il ne restait plus à inspecter qu'une grosse malle fermée par un cadenas. Après avoir confié la torche à sa sœur, Waldo décrocha la tringle en bois à laquelle étaient suspendus les rideaux de la fenêtre et entreprit de forcer le cadenas.

– Laisse tomber, dit Mirabelle. T'arriveras

pas à l'ouvrir. De toute façon, on en sait suffisamment, maintenant.

– On n'en sait jamais assez, répliqua doctement Waldo.

Il pesa de tout son poids sur la tringle passée dans l'anneau du cadenas. Le bois plia, émit un craquement.

– N'insiste pas, conseilla Mirabelle.

La tringle craqua à nouveau, plia un peu plus... Puis il y eut un claquement sec. Le cadenas avait sauté une fraction de seconde avant que la tringle casse.

– Il faut toujours insister, commenta Waldo d'un air satisfait.

Il souleva le couvercle, tandis que Mirabelle éclairait l'intérieur de la malle. Pendant quelques secondes, ils restèrent figés de stupeur, comme si le temps s'était brusquement arrêté. Enfin, ils réalisèrent qu'ils avaient sous les yeux...

– Un squelette... murmura Waldo.

Mirabelle ne dit rien. Elle se contenta de pousser un hurlement de terreur.

Chapitre 10
Les araignées

– Tu parles d'un père Noël... balbutia Waldo.

– Tu crois que c'est... c'est elle qui l'a tué ? bredouilla Mirabelle d'une toute petite voix.

– Bien sûr que non ! Si le corps s'était décomposé dans la malle, ça aurait empesté dans toute la maison.

– Peut-être qu'elle déterre les cadavres, comme dans les films d'épouvante ? Ou alors...

Mirabelle était devenue soudain très pâle. Le faisceau de la torche trembla dans sa main.

– Ou alors quoi ? s'inquiéta Waldo.

– Le pâté...

Ils échangèrent un regard terrifié. La lueur de

la lampe électrique accentuait l'épouvante de leur visage.

– Il n'avait pas le goût d'homme, son pâté... dit Waldo d'une voix tremblante.

– T'en as déjà mangé, de l'homme ? Tu sais quel goût ça a ?

– Je suis sûr que ça n'a pas ce goût-là. D'ailleurs, elle n'aurait pas gardé le squelette. Elle l'aurait enterré dans le jardin... ou transporté ailleurs... Non, il y a sûrement une autre explication...

– J'ai mal au cœur, tout d'un coup...

– Tu ne vas quand même pas avoir peur de... de quelques vieux ossements... On devrait plutôt en profiter...

– En profiter ?

– Un squelette, c'est encore ce qu'il y a de mieux pour faire un fantôme... Surtout la tête de mort !

– Qu'est-ce que tu veux en faire, de la tête de mort ? demanda-t-elle d'un ton méfiant.

– La mettre dans un endroit où elle fichera

une trouille bleue à tout le monde. La salle de restaurant, par exemple.

– Tu crois que tu vas arriver à faire peur à Catriona avec son propre squelette ?

– Tout dépend de la mise en scène...

– Elle ne pensera pas forcément à Tonton Fernand en voyant une tête de mort...

– Il suffira de signer...

– En écrivant sur le crâne : « Fantôme de Fernand Goulot » ?

– Mais non, idiote ! On va dessiner une araignée !

– Une araignée ?...

– La même que sur le tatouage. S'il se passe plein de choses bizarres dans la maison avec à chaque fois une araignée qui apparaît, Catriona comprendra vite. Le tatouage de Fernand, elle doit le connaître par cœur...

– Tu veux dessiner une araignée sur... là-dessus...

– Pour quinze millions, ça en vaut la peine... Commençons par la salle de bains, je m'occuperai de la tête de mort plus tard. Les fantômes adorent les salles de bains, on peut y renverser plein de choses en faisant beaucoup de bruit.

Il emporta la photo de Fernand Goulot torse nu et chercha la salle de bains. Au dehors, le vent s'était levé et la pluie commençait à tomber. On l'entendait fouetter les volets en brèves rafales. Traversant la grande pièce, ils pénétrèrent dans une chambre et trouvèrent la salle de bains tout au fond. Son unique fenêtre était masquée par un store épais. Waldo se risqua à allumer la lumière et ouvrit l'armoire au-dessus du lavabo. À l'intérieur s'alignaient des pots de crèmes, rouges à lèvres, poudriers et lotions diverses. Ils vidèrent l'armoire, puis, avec un feutre noir, Waldo dessina sur la paroi du fond une splendide araignée en prenant la photo comme modèle.

Quand il eut terminé, il remit en place les pots, tubes et autres objets en entortillant parmi eux un fil de Nylon invisible dont il attacha une extrémité à l'intérieur de la porte, à l'aide d'un minuscule point de colle.

– Quand elle ouvrira la porte, expliqua-t-il, le fil de nylon va tout faire tomber dans le lavabo. Et qu'est-ce qui apparaîtra au fond de l'armoire ?...

– L'araignée de l'oncle Fernand... répondit Mirabelle avec un rire sardonique.

– S'il lui arrive beaucoup de choses comme ça, elle finira par y croire, à notre fantôme ! Ne perdons pas de temps, cette nuit, on a au moins autant de travail que le père Noël ! Avec un autre genre de cadeaux !

Une heure plus tard, l'appartement de Catriona était devenu un terrain miné : il suffisait d'entrouvrir une fenêtre pour faire tomber les rideaux, si on tirait la porte du placard, les vêtements suspendus à une tringle s'effondraient les uns sur les autres ; quelques fils de Nylon judicieusement disposés provoquaient à la moindre sollicitation la chute d'objets divers, bibelots, tableaux ou lampes. Et chaque objet qui tombait laissait apparaître une araignée, dessinée sur un mur, une vitre ou un meuble.

– Joli travail ! commenta Waldo d'un air satisfait en contemplant son œuvre. À présent, on va hanter les autres étages. Emportons la tête de mort, ce sera le clou du spectacle.

– Je te préviens, je n'y touche pas ! s'exclama Mirabelle.

– Trouillarde !

D'un pas décidé, Waldo retourna auprès de la malle au squelette. Mirabelle le suivait à distance en l'éclairant avec la torche. Devant les ossements, il eut un instant d'hésitation, puis, avec un léger tremblement, il prit délicatement entre ses mains le crâne jaunâtre. Au même moment, une longue rafale de vent siffla à la fenêtre. La pluie soudain violente enveloppa la maison d'un crépitement furieux. À la lueur de la torche, les deux orbites de la tête de mort semblèrent jeter un bref regard noir.

Le teint pâle, Waldo se hâta d'enfouir le crâne au fond de son sac, puis il referma la malle en remettant soigneusement le cadenas en place.

– On descend, dit-il d'une voix qui se coinça dans sa gorge.

Ils verrouillèrent la porte de l'appartement et rejoignirent le premier étage. La première chambre qu'ils trouvèrent était celle d'Huguette, juste en face de l'escalier. Elle ne comportait que quelques meubles et une affiche représentant la rue principale de Montceau-les-Mines au crépuscule. Waldo et Mirabelle se remirent au travail et parsemèrent la chambre de la servante de quelques pièges diaboliques qui portaient la signature de l'araignée.

Ils avancèrent ensuite dans un couloir en L et pénétrèrent dans une autre chambre remplie de bibelots, dont les murs étaient recouverts d'affiches de théâtre : *le Cid, Andromaque, Phèdre, Polyeucte.*

– Quelle horreur… murmura Waldo avec effroi.

Sur chaque affiche, le nom de « Léontine Crocus » apparaissait dans la liste des comédiens.

Parmi les affiches étaient collées des photos représentant une femme aux longs cheveux noirs, les mains crispées sur la poitrine, le visage torturé par les affres de la tragédie classique. Au fond de la pièce, une armoire débordait de costumes de scène à moitié moisis et une bibliothèque était remplie des œuvres complètes de Racine et de Corneille.

– Un vrai cauchemar ! s'exclama Mirabelle.

Waldo enleva plusieurs livres et dessina au fond de la bibliothèque une grosse araignée. Puis, à l'aide de son couteau de poche, il dévissa à moitié les étagères, qu'il parvint à maintenir en un équilibre précaire. Enfin, il remit avec précaution les livres en place.

– Au moindre mouvement, tous les bouquins vont tomber par terre, dit-il.

– Tonton Fernand aurait été content, il détestait la tragédie, commenta Mirabelle.

Il était près de trois heures du matin à présent, mieux valait ne pas s'attarder trop longtemps. Avant de quitter l'étage, Waldo et

Mirabelle allèrent dévisser les pieds du lit dans la chambre de monsieur Marcel.

– Pour celui-là, pas la peine de se donner trop de mal, ce n'est pas le genre à croire aux fantômes, assura Waldo.

Ils descendirent ensuite dans la salle de restaurant.

Une grande cheminée occupait le centre d'un mur.

– J'ai une idée ! s'exclama Waldo avec enthousiasme. Noël, c'est le moment ou jamais d'utiliser la cheminée, non ?

Son idée le plongea dans un tel état d'excitation qu'il n'éprouva pas la moindre appréhension en dessinant l'araignée de l'oncle Fernand sur la tête de mort. Lorsqu'il eut terminé, il attacha le crâne dans le conduit de la cheminée avec du fil de Nylon. La tête de mort ainsi suspendue était invisible.

– En hiver, ils doivent sûrement se servir de la cheminée, dit Waldo. Quand ils allumeront un feu, la chaleur fera fondre les fils de Nylon et le crâne frappé du sceau de l'araignée tombera au milieu des flammes ! Imagine la tête des clients ! Une vraie vision d'enfer ! C'est pas génial, ça ?

– Disons que c'est astucieux, reconnut Mirabelle, presque à contrecœur.

Un grincement en provenance du premier étage effaça alors le large sourire de Waldo.

– Tu as entendu ? murmura-t-il.

Le vent continuait de souffler en mugissant autour de la maison. Waldo et Mirabelle tendirent l'oreille. Quelque chose craqua au-dessus de leurs têtes.

– C'est peut-être un de tes pièges qui s'est déclenché tout seul ? suggéra Mirabelle.

– Il faut aller voir !

Waldo monta silencieusement l'escalier. Mirabelle le suivit jusqu'au premier étage. Un autre craquement retentit alors derrière la porte de la chambre d'Huguette. Quelque chose bougeait à l'intérieur… Waldo éteignit la torche.

Dans les ténèbres, un nouveau craquement

confirma leurs craintes. Aucun doute possible : il y avait quelqu'un dans la chambre de la servante !

Chapitre 11
L'ange gardien

Plongés dans le noir, Waldo et Mirabelle n'osaient plus faire un geste. Soudain, un rai de lumière apparut sous la porte. Waldo attendit un long moment. Il entendait de faibles bruits à l'intérieur de la chambre. Enfin, il avança d'un pas pour jeter un coup d'œil par le trou de la serrure, mais le parquet craqua sous ses pieds. Il se figea sur place. La lumière s'éteignit sous la porte. Le mugissement du vent s'enfla en une longue plainte qui ébranla toute la maison, puis le silence retomba.

Waldo s'était immobilisé en un équilibre instable. Il bougea légèrement pour retrouver son aplomb et fit à nouveau grincer le parquet. Il entendit alors une fenêtre s'ouvrir à la volée. Une bouffée d'air glacé se répandit dans le couloir. Des bruits précipités retentirent derrière la porte. Waldo avança à tâtons, trouva le trou de la serrure et jeta un coup d'œil au travers. Il eut tout juste le temps d'apercevoir une ombre qui sautait par la fenêtre et s'agrippait aux branches du magnolia auquel lui-même était monté la première nuit. Il ouvrit la porte, s'approcha de la fenêtre et vit une silhouette s'enfuir puis disparaître dans les ténèbres du jardin.

– Il a eu peur ! déclara fièrement Waldo.

– Dépêche-toi de fermer la fenêtre, au lieu de te vanter, chuchota Mirabelle. Les voisins pourraient nous voir.

Waldo scruta un instant l'obscurité. Plus rien ne bougeait. Il referma sans bruit les volets et la fenêtre, puis, rallumant la torche, il remarqua des traces de boue.

– Les empreintes ! s'exclama Mirabelle.

– Quelles empreintes ?

– Les mêmes que l'autre jour, devant chez

nous. Un gros rond au milieu avec des petits ronds autour. C'est le type de l'autre nuit ! Il passe son temps à nous suivre !

– En tout cas, il n'a pas l'air très courageux, il prend tout le temps la fuite !

– Oh ! Regarde ! Il a effacé l'araignée !

Waldo l'avait dessinée sur un miroir, à l'intérieur de l'armoire. Quelques minutes auparavant, il avait détaché la tringle de ses crochets et l'avait reposée en équilibre instable pour qu'elle tombe dès que la servante aurait touché l'un des vêtements suspendus. À présent, la tringle était à nouveau solidement fixée.

– Cet idiot a tout remis en place ! grogna Waldo après avoir fait le tour de la pièce. On n'a plus le temps de recommencer, maintenant ! Par où est-il entré ?

– Par la porte, tout simplement. On n'a pas pensé à la refermer à clé.

– Il faut vérifier s'il n'a touché à rien d'autre !

Ils remontèrent au deuxième. Aucun de leurs

pièges n'avait été désamorcé dans l'appartement de Catriona. Ni au premier étage, dans les chambres de monsieur Marcel et de la dénommée Léontine Crocus. Et la tête de mort était toujours en place dans la cheminée de la salle de restaurant.

– Il n'a eu le temps de s'occuper que de la chambre d'Huguette, dit Waldo.

– C'était peut-être son ange gardien. Il voulait la protéger du fantôme…

– Nous n'avons pas besoin d'anges gardiens. Seuls les diables peuvent nous aider ! tempêta Waldo. Il faut effacer ces traces de boue. Un fantôme ne laisse pas d'empreintes !

Ils dénichèrent un placard à balais et nettoyèrent les tapis. Ils vérifièrent ensuite que les fenêtres étaient bien fermées, puis ils verrouillèrent soigneusement de l'intérieur la porte d'entrée. Ils remirent ensuite les clés sur le tableau, y compris celle de monsieur Marcel, et sortirent de la maison par les toilettes du rez-de-chaussée, en se glissant à travers une lucarne qu'ils refermèrent derrière eux. Au-dehors, la pluie tombait à verse et les rafales de vent déséquilibraient leurs vélos. Après un interminable trajet dans la tempête, ils parvinrent enfin chez eux, épuisés, trempés, grelottants. Il était quatre heures du matin. Sans un mot, ils regagnèrent leurs chambres et se réfugièrent au fond de leurs draps.

*
* *

– Non, mais regardez la tête qu'ils font ! On dirait qu'ils ont passé la nuit dehors ! s'exclama monsieur Dulancier.

Il était tôt. Waldo et Mirabelle, arrachés au sommeil, s'étaient retrouvés au milieu de la famille réunie autour du sapin pour la cérémonie de l'ouverture des cadeaux de Noël.

Encore endormis, ils déchirèrent les emballages sous l'œil attendri de la grand-mère tremblotante et de la tante parfumée. En découvrant son cadeau, Mirabelle poussa un cri d'horreur. La boîte contenait un squelette miniature complet, avec organes, viscères et muscles en plastique.

– F'est un vouet éducatif pour apprendre le corps humain, dit la grand-mère d'une voix chevrotante. Fa te fera utile fi tu veux devenir médefin plus tard...

Ce fut au tour de Waldo de pousser une exclamation d'effroi. Son paquet renfermait les œuvres complètes de Racine en un seul volume, lourd, épais et doré.

– Ch'est le plus grand auteur franchais, commenta avec fierté la tante parfumée.

– Ça vous demanderait vraiment un trop gros effort de dire merci ? interrogea sèchement monsieur Dulancier.

Pour toute réponse, Waldo et Mirabelle, le nez rouge et le regard vitreux, éternuèrent bruyamment : le vent et la pluie, sur le chemin du retour, avaient fait leur œuvre.

Chapitre 12
Vive le théâtre !

Le rhume de Waldo et Mirabelle avait duré toutes les vacances. Le vent et la pluie n'avaient pas cessé et les journées s'étaient traînées dans une succession de tempêtes, sous une lumière ocre, sombre et sale. Les averses martelaient les volets blindés, le jardin s'était rempli de flaques et la maison baignait dans l'odeur âcre de pharmacie que répandaient les potions, tisanes et autres sirops contre la grippe. Bien entendu, il n'était pas question de sortir plus loin que dans le jardin. Chaque jour, Waldo et Mirabelle y avaient cherché d'éventuelles traces de pas, avec un gros rond au milieu et d'autres plus petits tout autour, mais ils n'avaient rien découvert de suspect.

Leur rhume avait guéri à la veille de la rentrée. Les quelques quintes de toux qui les secouaient encore de temps à autre n'étaient pas assez impressionnantes pour les dispenser de collège et, malgré la pluie et le vent qui semblaient installés pour l'éternité, ils avaient dû se résoudre à retourner en classe.

Le ciel consentit enfin à s'éclaircir le jour même où Catriona rentrait de vacances. Waldo et sa sœur avaient estimé qu'une journée et une nuit devaient suffire pour que les pièges disséminés dans l'auberge produisent leur effet.

– Si jamais l'imbécile de l'autre soir est venu tout remettre en ordre, c'est fichu... avait dit Waldo.

– Cette fois, il n'aura pas pu entrer, l'avait rassuré Mirabelle. Nous avons tout fermé à clé avant de partir.

Le lendemain du retour de Catriona tombait un samedi.

Il y avait encore des nuages dans le ciel, mais la pluie et le vent avaient cessé. L'après-midi était bien avancé lorsque Waldo et Mirabelle arrivèrent à *L'Auberge d'Édimbourg.* Porte et volets étaient ouverts et le taxi de monsieur Marcel stationnait devant la maison. Waldo et sa sœur s'avancèrent prudemment en poussant leurs vélos. Ils avaient à peine franchi la porte du jardin que la voix de Catriona Gregor explosa comme une bombe en faisant trembler murs et vitres. Même les feuilles des arbres semblèrent frémir de frayeur.

– Bande de vandales ! vociféra-t-elle. Vous avez tout cassé dans ma maison ! Barbares ! Assassins ! Pillards ! Rapaces !

Effarés, Waldo et Mirabelle amorcèrent un demi-tour.

Mais, avant qu'ils aient pu rejoindre la rue, Catriona s'élança au-dehors, la chevelure en bataille, le teint cramoisi, le regard brûlant de rage. Elle tenait deux hommes par le col, un de chaque côté. Ils étaient vêtus de salopettes bleues et l'un d'eux portait une sacoche d'où dépassait la tête d'un marteau.

– Il va m'entendre, votre patron ! hurla Catriona. Vous me rembourserez tout ! Tout jusqu'au dernier sou !

Sans même voir Waldo et Mirabelle, elle traîna les deux hommes qui balbutiaient de vagues protestations jusqu'à une fourgonnette stationnée un peu plus loin. Elle les propulsa à l'intérieur, claqua la portière sur eux et donna un grand coup de pied dans la carrosserie. La fourgonnette démarra aussitôt dans un crissement de pneus et disparut dans la descente. Immobiles et tremblants, Waldo et sa sœur virent Catriona faire volte-face et revenir vers l'auberge.

C'est alors seulement qu'elle les aperçut.

– Mes chéris ! s'exclama-t-elle avec un large sourire qui éclaira soudain son visage. Vous êtes revenus me voir ! Comme c'est gentil ! Vous devez mourir de faim avec ce froid ! Venez vite vous réchauffer, vous êtes tout tremblants !

Elle les poussa à l'intérieur de l'auberge et les fit asseoir sur le canapé.

– Huguette, où êtes-vous, bougre de mollasse ?

– Voilà, voilà, Madame Gregor, répondit la servante en se précipitant.

– Apportez à manger à ces pauvres enfants et dépêchez-vous de me trouver quelqu'un d'autre pour réparer le toit !

– Voilà, voilà, Madame Gregor...

– Le toit ? s'étonna Waldo.

– Le vent a emporté des tuiles. Avec la pluie qui est tombée, il y a eu une inondation au deuxième étage. On pataugeait dans l'eau, je ne pouvais même plus entrer chez moi. J'ai fait venir des ouvriers pour réparer, et figurez-vous qu'ils ont tout cassé ! Vidé mon armoire à pharmacie, fait tomber mes vêtements dans la penderie, les rideaux, les tableaux, les bibelots ! Tout est tombé !

– Ce n'était peut-être pas leur faute, suggéra timidement Mirabelle.

– Ça, c'est ce qu'ils disaient ! Mais à qui la faute, alors ? Ce n'est quand même pas tombé tout seul ! Et les graffitis, qui d'autre aurait pu les dessiner ? La maison était vide pendant trois semaines !

– Des graffitis ? balbutia Waldo d'une voix blanche.

– Des espèces d'insectes ou je ne sais quoi. Je les ai obligés à tout nettoyer ! Les voyous ! Les vandales !

Waldo et Mirabelle échangèrent un regard consterné : cette maudite pluie avait tout gâché. Pour comble de malheur, Huguette revint bientôt avec un plateau chargé de sandwichs.

– Mangez, mes chéris, ça vous fera du bien, dit Catriona.

À la vue des tartines débordantes d'un épais pâté, ils eurent un haut-le-cœur en pensant au squelette.

– Allons, mangez ! insista Catriona.

Au moment où ils se résignaient à prendre chacun un sandwich, un grand bruit retentit au premier étage, suivi d'un long hurlement rauque poussé par une voix de femme.

– Mon Dieu ! Madame Léontine ! s'exclama Catriona en se ruant dans l'escalier.

Waldo et Mirabelle abandonnèrent leurs tartines et lui emboîtèrent le pas. Dans le couloir du premier, une femme vêtue d'une longue robe noire se précipita à leur rencontre.

Waldo et sa sœur reconnurent aussitôt Léontine Crocus, la tragédienne aux cheveux bruns qu'ils avaient vue sur les photos d'une des chambres. Elle avait le même visage, avec toutefois une bonne trentaine d'années de plus que son maquillage ne parvenait pas à effacer.

– Miséricorde ! Quelle épouvante ! s'écria la femme en noir en portant la main à son front.

– Allons, Madame Léontine, remettez-vous, dit Catriona d'une voix rassurante. Qu'est-ce qui vous est arrivé ?

– Corneille ! Racine ! L'araignée ! Et la photo ! La photo !

Un nouveau bruit ébranla l'étage. Cette fois, une voix d'homme poussa un juron retentissant. Léontine Crocus se remit à hurler et monsieur

Marcel apparut à son tour dans le couloir en se frottant la hanche.

– Mon lit s'est écroulé, moi ! grogna-t-il. Je faisais ma sieste, tout d'un coup, patatras ! Et vous savez quoi ? Il y a une grosse araignée sur le mur, derrière la tête du lit !

– Une araignée ! Horreur ! Des araignées partout ! s'écria la dame en noir. Venez voir, Madame Gregor ! Venez !

Elle entraîna Catriona dans sa chambre et lui montra d'un geste majestueux sa bibliothèque effondrée, les volumes de Racine et Corneille tombés pêle-mêle et, posée sur ce tas de théâtre, la photo de l'oncle Fernand torse nu.

– Cette photo ! Regardez, madame Gregor ! s'exclama Léontine Crocus. J'ai voulu prendre *Britannicus*, j'ai eu à peine le temps de faire un geste, la bibliothèque s'est écroulée ! Mes livres, mes chers, mes précieux livres ont failli m'ensevelir ! Et cette photo ! Elle... Elle m'a sauté au visage ! Au visage, Madame Gregor ! Et voyez !

L'araignée ! Là ! Sur le mur ! Et là ! Sur la photo !

Waldo et Mirabelle se regardèrent d'un air ahuri. La photo ! Waldo avait dû l'oublier derrière les livres de la bibliothèque. Il se souvenait à présent qu'il ne l'avait pas utilisée pour dessiner l'araignée sur le crâne. Il avait fait le dessin de mémoire.

– Qu'est-ce qu'elle fait ici, cette photo ? marmonna Catriona en ramassant le cliché.

– Regardez ce tatouage, là ! reprit la tragédienne. L'araignée sur la photo et sur le mur : ce sont les mêmes !

– Faites voir, dit monsieur Marcel. Ma parole, vous avez raison ! C'est la même araignée qu'il y a dans ma chambre ! Ça par exemple ! Mais qui c'est, ce type-là ?

– Fernand... murmura Catriona.

– Fernand ? Comme la voix que j'ai entendue l'autre nuit ? Vous vous souvenez ? Avant Noël ?

– La voix ? Vous avez entendu une voix ? s'exclama Léontine.

– Vous étiez déjà en vacances, dit le chauffeur de taxi. En pleine nuit, il y a une voix qui a dit : « Je m'appelle Fernand, je suis revenu », ou quelque chose comme ça…

– Fernand ! Mais bien sûr ! Fernand Goulot ! Je m'en souviens très bien, maintenant ! Il est venu plusieurs fois à l'auberge, il y a quelques années, n'est-ce pas, madame Gregor ? Vous n'habitiez pas encore ici, monsieur Marcel.

– Il est mort le mois dernier, dit Catriona d'une voix sombre.

– Mort ? Mort, vous dites ? Et monsieur Marcel a entendu sa voix ? Mais alors, tous ces objets qui tombent, l'inondation, les araignées ! Ciel ! Madame Gregor ! J'ai peur de comprendre !

– Comprendre quoi ? grommela Catriona.

– Un fantôme… murmura la tragédienne d'un ton angoissé.

– Qu'est-ce que vous racontez ?

– Cette auberge est hantée ! Le fantôme de Fernand Goulot est revenu parmi nous !

En cet instant, Waldo et Mirabelle auraient volontiers embrassé la dame en noir, malgré son maquillage. Ils se seraient même plongés dans la lecture des œuvres complètes de Racine et de Corneille pour lui exprimer leur gratitude.

Grâce à elle, le fantôme de Fernand Goulot venait enfin de prendre vie !

Chapitre 13
Table tournante

– Allons, Madame Léontine, calmez-vous, dit Catriona. Les fantômes n'existent pas !

– Bien sûr que si, ils existent ! J'entends de drôles de bruits, la nuit, des craquements, des grincements... D'ailleurs, ce n'est pas étonnant que cette maison soit hantée, avec le squelette de votre mari dans le grenier !

– Un squelette au grenier ! s'exclama monsieur Marcel.

– Votre... votre mari ? balbutia Waldo.

– Qui sont ces enfants ? interrogea Léontine, qui semblait apercevoir Waldo et Mirabelle pour la première fois.

– Et moi, je voudrais bien savoir qui est ce squelette ! ajouta monsieur Marcel.

– C'est le squelette de mon défunt mari quand il était étudiant, répondit Catriona.

– J'ignorais qu'il était mort si jeune, s'étonna monsieur Marcel.

– Ce n'est pas son squelette à lui ! Il était étudiant en médecine. Il a abandonné ses études au bout de deux ans, mais il a conservé ce squelette jusqu'à sa mort. Le corps humain le passionnait.

– Et les enfants ? insista madame Léontine.

– Nous n'en avons pas eu, vous le savez bien....

– Je vous demande qui sont ces enfants-là ! s'impatienta-t-elle en montrant Waldo et Mirabelle.

– Jonathan et Charlotte ? De vrais amours ! Le malheureux garçon a été renversé par une voiture devant l'auberge trois jours avant Noël. Le pauvre, il est encore tout pâle !

– Pauvre chéri ! compatit la tragédienne. Et Charlotte ? C'est sa petite sœur ?

– Je suis plus grande que lui ! protesta Mirabelle.

– Plus grande peut-être, mais plus jeune, sûrement. Ça se voit sur ton visage.

– J'ai treize mois de plus, confirma fièrement Waldo.

– Vous avez le sens de l'observation, madame Léontine, remarqua Catriona d'un ton admiratif.

– On n'est pas artiste pour rien ! se rengorgea la tragédienne. Quarante ans de théâtre, ça aiguise la sensibilité !

– Dites, ce n'est pas dangereux de conserver un squelette à l'auberge ? demanda monsieur Marcel d'un air inquiet.

– Bien sûr que si, c'est dangereux ! Ça attire les fantômes ! La preuve ! répondit Léontine Crocus.

– Quelle preuve ? s'emporta Catriona. C'est le vent qui a abîmé la toiture, c'est la pluie qui nous a inondés, ce sont les ouvriers qui ont tout fait tomber chez moi…

– Ce sont aussi les ouvriers qui ont voulu lire Racine et Corneille ? coupa Léontine. Et qui m'ont envoyé une photo de Fernand Goulot au visage ? Et qui ont fait tomber le lit de monsieur Marcel ? Et qui ont dessiné partout le tatouage de monsieur Goulot ? Non, Madame Gregor, de simples ouvriers ne pourraient pas faire tout cela ! La vérité, c'est que cette maison est hantée ! Et ces enfants ne sont sûrement pas étrangers au phénomène, ajouta-t-elle.

– Nous, mais... Nous n'avons rien fait ! bredouilla Waldo, soudain livide.

– Bien sûr qu'ils n'ont rien fait, les pauvres chéris ! s'indigna Catriona.

– Je ne dis pas qu'ils ont fait quelque chose, je dis que leur présence a certainement favorisé des forces occultes. Les enfants ont un pouvoir psychique supérieur à celui des adultes. Lorsqu'un phénomène surnaturel se produit, il y a souvent un enfant dans les parages.

– Ce n'est pas une raison pour les accuser injustement ! s'insurgea Catriona.

– Je n'accuse personne, j'explique ! Et si vous voulez d'autres preuves, je peux vous en donner !

– Je voudrais bien voir ça !

– Avez-vous déjà eu l'occasion de vous entretenir avec des esprits, Madame Gregor ? interrogea la tragédienne d'un ton mystérieux.

– Que voulez-vous dire ?

– Les tables tournantes. Le spiritisme…

– Madame Léontine, quand donc cesserez-vous de croire à ces sornettes ? Vous passez votre temps chez les mages et les voyantes, ce n'est pas sain !

– Dites tout de suite que je suis folle !

– Vous n'êtes pas folle, vous êtes… une artiste…

– Vous n'avez jamais vu tourner des tables ? reprit la tragédienne.

– Les tables ne tournent pas toutes seules, madame Léontine.

– En effet, ce sont les esprits qui les font tourner. Je suis prête à vous en faire la démonstration.

– Vous voulez faire venir des fantômes à l'auberge ? s'inquiéta monsieur Marcel.

– Un fantôme, il y en a déjà un. Mais nous ne savons pas ce qu'il veut. Il faut demander à ce monsieur Goulot pour quelles raisons il est venu nous tourmenter…

– Et que faut-il faire pour qu'une table tourne ? interrogea Catriona.

– Éteindre l'électricité…

– En plein hiver ? s'écria monsieur Marcel.

– Nous allumerons un feu dans la cheminée. Ensuite, nous appellerons l'esprit. S'il accepte de nous répondre, il se manifestera en donnant des coups dans la table.

– Il ne va pas casser mon mobilier, au moins ?

– Il n'y a rien à craindre. Laissez-moi faire, je m'occupe de tout. Si les enfants peuvent se joindre à nous, ce sera encore mieux. Leur force psychique nous aidera…

– Nous viendrons ! promit Waldo avec enthousiasme.

– Ce n'est pas mauvais pour leur santé,

j'espère ? demanda Catriona d'un air soupçonneux.

– Ils ne courent aucun danger, je vous le promets !

– Et moi ? Qu'est-ce que je fais ? interrogea monsieur Marcel.

– Nous aurons également besoin de votre puissance psychique, répondit Léontine.

– Dans ce cas, vous ne serez pas déçue ! promit le chauffeur de taxi d'un air satisfait.

*
* *

La séance de spiritisme devait commencer à vingt et une heures. En attendant l'heure du rendez-vous, Waldo et Mirabelle étaient rentrés chez eux et avaient prétexté la célébration d'un anniversaire chez un camarade de classe pour obtenir l'autorisation de passer la soirée dehors.

– Comment on s'y prend pour faire parler un esprit ? demanda Mirabelle d'un air soucieux.

– Ce n'est pas difficile, assura Waldo. Il suffit

de donner discrètement des coups dans la table. Si on s'y prend bien, personne ne s'en apercevra. La chance est avec nous, je le sens... Ce soir, l'oncle Fernand sera vengé ! Et par la même occasion, nous gagnerons quinze millions bien mérités ! ajouta-t-il avec un sourire triomphant.

Chapitre 14
La vengeance de l'oncle Fernand

Aidée de Waldo et Mirabelle, Catriona avait installé devant le bar l'une des tables rondes de la salle de restaurant.

– Si l'esprit de Fernand veut nous parler, c'est dans le bar qu'il sera le plus à l'aise, avait ironisé Catriona.

Léontine Crocus avait exigé, pour la réussite de l'expérience, que le compteur d'électricité soit coupé. Pour compenser l'arrêt du chauffage, on avait allumé du feu dans les cheminées, y compris celle de la salle de restaurant, et des bougies assuraient l'éclairage. Catriona Gregor avait envoyé Huguette au cinéma. « C'est plus prudent, avait-elle expliqué, elle serait capable de faire rater l'expérience ! »

Léontine Crocus était assise entre monsieur Marcel et Waldo. Catriona faisait face au chauffeur de taxi et Mirabelle à son frère. La table était recouverte d'une nappe de velours noir – « la couleur des fantômes », selon Léontine Crocus. La tragédienne avait elle-même revêtu une robe de soie noire et avait demandé à Catriona d'abandonner ses habituelles robes rouges pour une tenue moins voyante. À contrecœur, la patronne de l'auberge avait ressorti de sa penderie la robe qu'elle portait le jour de l'enterrement de son mari. Son teint, cependant, avait conservé sa couleur naturelle, d'un rose soutenu. Monsieur Marcel avait mis un costume marron – « celui du mariage de ma sœur », avait-il précisé – et Waldo et Mirabelle s'étaient également habillés des vêtements les plus sombres qu'ils avaient pu trouver dans leur penderie.

Slurp le chat, indifférent à ces préparatifs,

s'était installé sur le comptoir et dormait à poings fermés.

– Si l'esprit accepte de se manifester, il nous répondra en donnant des coups dans la table, avait prévenu Léontine Crocus. Un coup pour « oui », deux coups pour « non ». S'il veut dire autre chose, il frappera un nombre de coups correspondant à la place des lettres dans l'alphabet : un pour « a », deux pour « b », trois pour « c », etc. Êtes-vous prêts ? oui ? Alors, concentrez-vous. Madame Gregor, pensez très fort à monsieur Goulot, vous les enfants, détendez-vous, n'ayez pas peur, et vous, monsieur Marcel, faites comme d'habitude, ne pensez à rien. Mettez tous vos mains bien à plat sur la table. Et maintenant, silence...

La tête baissée, chacun avait posé les mains sur le velours noir. Pendant un long moment, on n'entendit plus que le ronflement des flammes et le craquement des bûches dans la cheminée, au fond du bar. Enfin, Léontine Crocus leva la tête, le visage grave, le regard brillant.

– Esprit de Fernand Goulot, es-tu là ? demanda-t-elle d'un ton pénétré.

Sous la table, Waldo avait posé sa cheville gauche sur son genou droit. Il pouvait ainsi frapper le plateau de la table avec la pointe de son soulier. Il donna un coup.

– L'esprit est là, murmura Léontine avec une expression d'excitation sur le visage. Esprit, es-tu vraiment Fernand Goulot ?

Waldo frappa un nouveau coup.

– Pour nous le prouver, donne-nous, chiffre par chiffre, la date de ta naissance et celle de ta mort. Frappe le nombre de coups correspondant à chaque chiffre.

Waldo lança un regard de panique à Mirabelle. Il connaissait la date de la mort de l'oncle Fernand, mais celle de sa naissance... Mirabelle fit un imperceptible signe de tête et prit le relais de son frère en frappant à son tour la table du bout de sa chaussure. Elle se souvenait toujours des anniversaires... Léontine Crocus compta soigneusement les coups qui résonnaient sous la table.

– 10 juillet 1942, 15 décembre 1993, annonça-t-elle enfin.

À la lueur des bougies, Catriona avait un peu pâli.

– C'est bien ça, dit-elle dans un souffle.

– Non, mais dites, c'est une blague, intervint monsieur Marcel, visiblement mal à l'aise. Il y en a une de vous qui donne des coups dans la table, là...

– Taisez-vous, malheureux ! chuchota Léontine. Vous allez faire fuir l'esprit. Seule madame Gregor pouvait connaître ces dates...

– Je vous promets que je n'ai pas donné de coups dans la table, dit Catriona d'une voix sans timbre.

– Alors, vous voyez bien ? Taisez-vous, maintenant ! Esprit de Fernand Goulot, es-tu là ?

Waldo frappa un coup.

– Est-ce toi qui es venu hanter cette maison ?

Un coup.

– Pour quelle raison ?

Waldo frappa la table en comptant avec soin les lettres de l'alphabet tandis que Léontine notait chaque lettre.

– *Vengeance*, lut la tragédienne d'une voix rauque lorsque les coups eurent cessé.

– Ce n'est pas possible... murmura Catriona le visage de plus en plus pâle.

– De quoi veux-tu te venger ? interrogea Léontine Crocus.

Waldo se chargea de répondre au nom de son oncle. Au bout d'un long moment, la tragédienne avait inscrit sur son papier : *Catriona m'a envoyé en prison.*

– En prison ? s'exclama Léontine Crocus. À quelle date es-tu allé en prison ?

Waldo adressa à sa sœur un regard affolé. La coupure de journal qu'ils avaient lue dans le grenier de Catriona indiquait la date de l'arrestation de l'oncle Fernand, mais Waldo l'avait oubliée. Des coups résonnèrent cependant sous la table. Waldo se détendit : Mirabelle avait une meilleure mémoire que lui !

– 27 avril 1981, annonça Léontine. Monsieur Goulot en prison ! Est-ce vrai, Madame Gregor ?

Tout à coup, Slurp le chat se réveilla en sursaut et se dressa sur ses pattes. Il se mit à cracher, le dos rond, le poil hérissé.

– Mon Dieu... Oh, mon Dieu... gémit Catriona, le visage décomposé.

– Qu'est-ce qu'il a, ce chat ? s'inquiéta monsieur Marcel.

– Chut... Taisez-vous ! Madame Gregor ? Est-il vrai que monsieur Goulot est allé en prison ?

– Oui...

– À cause de vous ? Mais pourquoi ? Pourquoi, madame Gregor ?

Catriona poussa alors une longue plainte. Des larmes étincelèrent dans ses yeux. Elle sembla s'affaisser sur son siège, le teint livide, les lèvres tremblantes.

– Ce n'est pas moi, madame Léontine ! Ce n'est pas moi qui l'ai dénoncé ! C'est... C'est quelqu'un d'autre !...

– Qui, madame Gregor ?... Qui a dénoncé Fernand Goulot ?

– C'est... C'est mon mari... balbutia Catriona Gregor d'une voix brisée.

Et elle éclata en sanglots.

Chapitre 15
Un fantôme sans pitié

– Oh là, là ! Ça tourne mal, votre histoire, madame Léontine ! s'exclama monsieur Marcel. Faites quelque chose !

Waldo et Mirabelle se regardaient d'un air consterné : Fernand Goulot s'était trompé de coupable !

– Allons, madame Gregor, remettez-vous, dit Léontine Crocus d'une voix douce. Que s'est-il passé, au juste ?

– Fernand et moi… commença Catriona, nous étions… très proches…

– Vous ne m'aviez pas dit ça, murmura Léontine sur un ton de reproche. Je croyais que monsieur Goulot était… un client de l'auberge, un ami peut-être, c'est tout…

– Il est tombé amoureux de moi… poursuivit Catriona, d'une voix tremblante. Mon mari s'est douté de quelque chose… Fernand… n'était pas très riche… mais il voulait m'offrir la belle vie… Rien n'était trop beau pour moi, disait-il… Alors, il a… il a fait une bêtise…

– Une bêtise ?

– Un cambriolage…

– C'était un bandit, votre gars ? s'indigna monsieur Marcel.

– Il a fait ça par amour… répondit Catriona.

– Et c'est votre mari qui l'a dénoncé ? interrogea la tragédienne.

Catriona Gregor fit un signe de tête affirmatif.

– Il avait découvert la vérité… Il a pensé que c'était le meilleur moyen de se débarrasser… d'un rival… Fernand a été reconnu coupable et condamné à cinq ans de prison. On l'a libéré au bout de trois ans pour bonne conduite… Il était persuadé que c'était moi qui l'avais trahi…

Slurp le chat avait peu à peu retrouvé son calme. Assis sur le comptoir, il regardait sa maîtresse avec des yeux ronds.

– Pourquoi ne lui avez-vous pas dit la vérité ? s'étonna Léontine.

– J'avais peur qu'il se venge sur mon mari... qu'il le tue peut-être... Moi, il ne m'aurait rien fait... Même s'il pensait que je l'avais dénoncé, Fernand m'aimait encore. Il s'est contenté de ne plus jamais me revoir. Mon mari est mort deux ans plus tard.

– Vous auriez dû me raconter tout ça, à l'époque... dit Léontine Crocus avec une nuance de regret.

– Vous faisiez encore du théâtre, en ce temps-là. Vous étiez partie jouer je ne sais où...

– En effet, c'est l'année où j'ai fait une grande tournée dans le Massif central avec *Phèdre* de Racine. J'ai d'ailleurs obtenu un très grand succès. Quand je suis revenue, vous m'avez dit que monsieur Goulot était parti s'installer au bout du monde. Si j'avais pu me douter qu'il était en prison… Ah, madame Gregor, comme vous avez eu tort de ne pas me dire la vérité… Y a-t-il des secrets pour une vieille cliente comme moi ? Une amie, devrais-je dire…

– En tout cas, heureusement que je ne l'ai pas connu, votre gars, intervint monsieur Marcel, parce que je lui aurais dit ce que je pensais de lui, moi !

– Chut… Concentrons-nous à nouveau… suggéra Léontine. Fernand Goulot ne peut que vous pardonner, à présent. Esprit, es-tu là ? demanda-t-elle en reposant les mains sur la table.

Waldo et Mirabelle restèrent immobiles, comme pétrifiés.

– Esprit de Fernand Goulot, es-tu là ? répéta Léontine.

– Oh, et puis fichez-moi la paix, avec cette comédie ! explosa soudain Catriona. Vous allez nous rendre fous à force de faire parler les tables ! Après tout, je n'ai rien à me reprocher ! Si Fernand veut hanter mon auberge, qu'il le fasse, mais arrêtons ces simagrées !

– Vous avez bien raison, madame Gregor, approuva monsieur Marcel. On ne peut rien attendre de bon d'un fantôme !

Catriona arracha la nappe de velours noir et la jeta dans un coin d'un geste rageur.

– Pauvres enfants ! dit-elle. Si j'avais su, je ne vous aurais jamais laissés assister à toutes ces folies ! Venez, nous allons remettre la table en place et après je vous ferai une bonne tartine de pâté ! Vous devez mourir de faim ! Et vous, madame Léontine et monsieur Marcel, allez vous coucher et ne reparlons plus jamais de tout ça !

– Vous avez tort de réagir ainsi, madame Gregor, affirma sentencieusement Léontine Crocus. Il ne faut jamais être brutal avec les esprits, ils peuvent se venger...

– Eh bien, qu'ils se vengent ! lança Catriona sur un ton de défi. Bonsoir !

Léontine et monsieur Marcel montèrent l'escalier, tandis que Catriona, Waldo et Mirabelle soulevaient la table pour la remettre à sa place. Lorsqu'ils entrèrent dans la salle, Waldo et Mirabelle tournaient le dos à la cheminée, où quelques flammes dansaient encore au-dessus des braises.

Soudain, il y eut un bruit sourd derrière eux. Ils virent les yeux de Catriona Gregor s'agrandir d'épouvante. Elle ouvrit la bouche, comme pour crier, mais aucun son ne sortit de sa gorge. Alors, lentement, elle s'affaissa, le regard vitreux, puis s'étala de tout son poids sur le carrelage, en renversant tables et chaises. Dans la cheminée, la tête de mort venait de tomber au milieu des braises en projetant une gerbe de flammèches rougeoyantes, qui entouraient comme une auréole diabolique le crâne noirci par la fumée.

Chapitre 16
Mauvaise chute

– J'espère que ce n'est pas une crise cardiaque ! murmura Mirabelle, affolée.

– Occupe-toi d'elle, j'enlève le squelette ! souffla Waldo.

Il se précipita vers la cheminée, saisit un tisonnier et en passa une extrémité dans l'orbite de la tête de mort qu'il alla jeter par la fenêtre. Le crâne roula sur le sol et s'immobilisa au pied d'un buisson.

– On s'en occupera plus tard, dit-il en refermant la fenêtre.

– Que se passe-t-il, madame Gregor ? lança la voix de Léontine Crocus.

Alertés par le bruit de la chute de Catriona,

la tragédienne et monsieur Marcel firent irruption dans la salle de restaurant, qui baignait dans la lueur diffuse des chandeliers.

– Ah ! Miséricorde ! Madame Gregor ! s'écria Léontine à la vue du corps étendu de Catriona.

– Alors, ça, y a pas de doute, c'est un malaise ! diagnostiqua monsieur Marcel.

– Ciel ! Comment est-ce arrivé ? demanda la tragédienne.

– Elle... elle est tombée évanouie... balbutia Waldo.

Léontine Crocus s'agenouilla auprès de Catriona.

– Aidez-moi à la porter sur le canapé, monsieur Marcel.

– C'est qu'elle est sacrément lourde, fit remarquer le chauffeur de taxi.

Catriona poussa un gémissement.

– Qui a dit que j'étais sacrément lourde ? articula-t-elle péniblement dans une demiconscience.

Elle ouvrit alors un œil, se redressa, resta assise un moment sans bouger, puis regarda la cheminée.

– La tête de mort ! hurla-t-elle soudain.

– Quelle tête de mort ? s'étonna Léontine.

– J'ai vu une tête de mort tomber dans les braises ! Une tête de mort avec une grosse araignée au milieu du crâne !

– Qu'est-ce que c'est que ça encore ? Vous avez vu quelque chose, vous ? demanda monsieur Marcel à Waldo et Mirabelle.

– Non... rien... dit Waldo.

– Rien du tout... ajouta Mirabelle.

– Vous avez des visions, madame Gregor, conclut le chauffeur de taxi.

– Le fantôme... chuchota Léontine Crocus. C'est le fantôme qui vous est apparu...

– C'était un crâne ! Un vrai crâne, bien réel !

– Les spectres semblent toujours réels, Madame Gregor...

Catriona essaya de se relever, mais elle s'immobilisa en poussant un cri de douleur.

– Ma hanche... Je me suis fait mal en tombant...

– Nous allons vous aider, dit madame Léontine avec douceur.

Monsieur Marcel, Waldo et Mirabelle parvinrent tant bien que mal à relever Catriona et l'aidèrent à regagner la chambre du premier étage où elle s'était installée en attendant que le toit soit réparé. Le visage crispé par la douleur, Catriona s'allongea et ferma les yeux. À la lueur de la chandelle que tenait Léontine, une larme brilla au coin de sa paupière.

– Téléphonez à un docteur, dit Léontine à monsieur Marcel. Vous, les enfants, rentrez chez vous et oubliez tout ça. Vous êtes trop jeunes pour fréquenter la mort...

Waldo et Mirabelle ne s'attardèrent pas. Ils descendirent l'escalier sur la pointe des pieds et sortirent dans le jardin.

– Fais le guet, je vais chercher la tête de mort, chuchota Waldo à l'oreille de sa sœur. Si quelqu'un vient, éternue très fort.

Tandis que Mirabelle restait à l'entrée de l'auberge, Waldo fit le tour de la maison et s'approcha sans bruit du buisson sous lequel le crâne avait roulé. Il se pencha, écarta les branches : la tête de mort avait disparu. En revanche, il distingua une empreinte de pas dans le sol encore humide : il reconnut aussitôt le gros rond au milieu avec des petits ronds tout autour.

Chapitre 17
Cas de conscience

Waldo fit le tour du buisson, mais ne trouva pas trace de la tête de mort. Il s'empressa de rejoindre Mirabelle et lui fit signe de le suivre tandis qu'il remontait sur son vélo.

– On a volé la tête de mort, annonça-t-il.

– Quoi ! C'est une catastrophe ! s'exclama Mirabelle.

– Il y avait les fameuses traces près du buisson… Le gros rond avec les petits ronds autour…

– Ce type passe son temps à nous espionner ! Qu'est-ce qu'il nous veut, à la fin ?

– Quelle importance ? Tu y tenais vraiment, à cette tête de mort ?

Mirabelle parut stupéfaite.

– Et l'héritage ? Tu n'y tiens pas, à l'héritage ? Si quelqu'un dénonce la supercherie, il nous passe sous le nez ! On a eu suffisamment de mal à réussir !

– Réussir quoi ? répliqua Waldo. À faire du mal à Catriona alors que ce n'est pas elle qui a envoyé Fernand en prison ? Tu parles d'une réussite !

– Il est trop tard pour réviser le testament. Si Tonton Fernand s'est trompé, ce n'est pas notre faute... On ne pouvait pas savoir qu'elle n'y était pour rien...

– Maintenant, on le sait... Et on ferait mieux de lui dire la vérité...

– Tu as envie de perdre quinze millions ? Nous avions un mois pour faire croire au fantôme de Tonton Fernand. Ça fera un mois dans cinq jours. Dans cinq jours, si personne ne s'aperçoit de rien, on est riches !

– Un mois dans cinq jours ? Tu es sûre ?

– Nous avons vu le notaire le 21 décembre. Dans cinq jours, on sera le 21 janvier.

– Ta fameuse mémoire des dates, dit Waldo avec un sourire amer. Heureusement que tu t'es souvenue de la date de naissance de l'oncle Fernand et de celle de son arrestation.

– Non, l'arrestation, c'est toi qui t'en es souvenu, rectifia Mirabelle. Moi, j'avais complètement oublié...

– Quoi ! C'est pas toi qui as tapé dans la table ?

– Je n'ai pas bougé, je ne connaissais pas la réponse, affirma Mirabelle.

Abasourdi, Waldo arrêta son vélo au bord du trottoir.

– Alors... C'est... c'est la table qui a répondu ?

– Qu'est-ce que tu racontes ?

– Ça ne pouvait pas être Léontine... ni monsieur Marcel... encore moins Catriona...

Waldo et Mirabelle se regardèrent d'un air horrifié.

– Le chat ! s'exclama Waldo. C'est à ce moment-là qu'il s'est mis à cracher et à faire le gros dos ! Tu crois que… qu'il y avait vraiment un… un esprit ?

– Il doit y avoir une autre explication… dit Mirabelle avec un léger tremblement dans la voix.

Elle sembla réfléchir un instant. Puis son corps fut secoué d'un brusque frisson.

– Rentrons… dit-elle. J'ai froid…

Ils se remirent en chemin en restant silencieux pendant le reste du trajet.

– Elle ne méritait pas ça… murmura Waldo d'un air sombre, tandis qu'ils arrivaient devant chez eux.

– Ce n'est pas notre faute… Il s'agissait d'une… d'une simple farce… dit Mirabelle d'une petite voix.

*
* *

– Bonne nouvelle ! Vous allez m'aider ! lança Richard Dulancier en entrant en trombe dans la cuisine.

C'était dimanche matin. Waldo et Mirabelle venaient de se lever. L'air maussade, ils étaient assis face à face devant un bol de chocolat. Monsieur Dulancier paraissait d'humeur joyeuse. Les affaires reprenaient dans le commerce de la boîte en carton. « Un frémissement prometteur », avait-il fièrement annoncé.

– J'ai commandé un excellent petit vin de Bordeaux qu'on m'a livré hier, vous allez m'aider à le descendre à la cave. Il y en a cinq caisses, ça ne vous tuera pas !

En temps normal, Waldo et Mirabelle auraient immédiatement trouvé un prétexte pour tenter d'échapper à la corvée. Mais aujourd'hui, le cœur n'y était pas. Le souvenir du visage épouvanté de Catriona les avait tourmentés toute la nuit. La terreur de son regard les hantait comme un reproche.

– Vous en faites une tête ! Allez, réveillez-vous ! s'exclama monsieur Dulancier en tapant dans ses mains. Et habillez-vous chaudement, il fait froid, à la cave !

La température y était glaciale, en effet. Malgré leurs gros pulls, Waldo et Mirabelle grelottaient de froid.

– Remuez-vous un peu, ça vous réchauffera ! conseilla monsieur Dulancier.

Ils avaient descendu les cinq caisses dans la cave poussiéreuse, et leur père, agenouillé par terre, commençait à ranger les bouteilles dans les casiers prévus à cet effet.

– Passez-les-moi une par une, dit-il à ses enfants.

Résignés, Waldo et Mirabelle s'exécutèrent en silence.

Puis, soudain, Waldo interrompit son geste. Dans sa position agenouillée, monsieur Dulancier laissait voir les semelles des bottes qu'il avait chaussées. Des semelles au dessin caractéristique : un gros rond au milieu avec des petits ronds tout autour…

Chapitre 18
Un père sportif

– Alors ? Vous me les passez, ces bouteilles ? s'impatienta monsieur Dulancier.

Waldo et Mirabelle, les yeux fixés sur les semelles, paraissaient ne rien entendre.

– Réveillez-vous, bon sang ! Qu'est-ce que c'est que ces deux mollassons !

Lentement, Waldo prit une bouteille dans une caisse et la tendit à son père.

– Plus vite que ça ! Nous n'allons pas y passer la matinée !

Lorsque toutes les bouteilles furent alignées dans les casiers, Richard Dulancier se releva, épousseta le vieux pantalon de velours qu'il avait revêtu pour l'occasion et montra le vin soigneusement rangé dans la pénombre de la cave.

– Voilà un spectacle qui aurait fait plaisir à votre oncle Fernand ! dit-il en éclatant de rire. Au fait, vous avez bon espoir pour... Enfin, vous voyez ce que je veux dire ?...

Waldo fit un vague signe de tête affirmatif mais resta muet.

– C'est important, un héritage... reprit monsieur Dulancier. Moi, ça m'est un peu égal, je n'ai jamais eu grand-chose à voir avec Fernand Goulot. À part que je lui ai prêté pas mal d'argent et qu'il n'a jamais songé à me le rembourser... Mais vous... c'était votre oncle...

Il y eut un long silence.

– J'ai froid... dit soudain Mirabelle.

Ils remontèrent alors dans la maison.

*

* *

– Je n'arrive pas à y croire... soupira Mirabelle.

Réfugiés dans la chambre de Waldo, ils parlaient à voix basse, penchés l'un vers l'autre comme des conspirateurs.

– Il nous a suivis dès le début, affirma Waldo.

– Mais pourquoi aurait-il fait installer des volets blindés si c'était lui qui avait laissé les traces ?

– Pour être sûr qu'on ne le soupçonne pas... Et la nuit de Noël, c'est lui qui est entré dans la maison derrière nous.

– Pourquoi aurait-il neutralisé les pièges dans la chambre d'Huguette ?

– Qui te dit qu'il n'a pas voulu les améliorer, au contraire ? Papa est un perfectionniste. Il n'en a pas eu le temps parce que nous l'avons surpris.

– Je ne l'imagine pas s'enfuyant par la fenêtre en s'accrochant aux branches d'un arbre...

– Nous avons un père sportif !

– Et pourquoi aurait-il pris la tête de mort ?

– Quand il m'a vu la jeter par la fenêtre, il a

compris que je voulais m'en débarrasser. Il m'y a aidé...

– Il n'avait pas le droit de faire ça ! Pas le droit de nous suivre ! s'insurgea Mirabelle. C'était notre secret !

*
* *

Le lendemain, à la sortie du collège, Waldo et Mirabelle décidèrent de faire un détour par *L'Auberge d'Édimbourg* pour prendre des nouvelles de Catriona.

– Vous tombez à pic ! s'exclama Léontine Crocus en les voyant arriver.

Monsieur Marcel, installé au bar devant un verre de vin rouge, était en grande conversation avec un petit homme vêtu d'un imperméable clair, un appareil photo en bandoulière, un bloc-notes posé sur le comptoir.

– Ils l'ont vu, eux ! s'exclama monsieur Marcel. Pas vrai, les enfants ?

– Qu'est-ce qu'on a vu ? interrogea Waldo.

– Le fantôme ! répliqua Léontine Crocus.

– Ce monsieur-là est journaliste, expliqua monsieur Marcel. Ce matin, je l'ai chargé dans mon taxi et je lui ai raconté l'histoire du fantôme. Ce sont des choses qu'on raconte, forcément ! Je lui ai dit qu'il vienne voir à l'auberge, s'il ne me croyait pas !

– Dites à monsieur ce que vous avez vu, insista Léontine. Vous avez vu les livres qui sont tombés dans ma chambre ? Et la photo de monsieur Goulot qui m'a sauté au visage ? Et les coups dans la table, vous les avez entendus ?

Un journaliste ! Quelle meilleure preuve qu'un article de journal pour convaincre le notaire qu'ils avaient réussi à faire vivre le fantôme de l'oncle Fernand ! Beaucoup mieux que de simples témoins !

– C'est vrai, on a tout vu… assura Waldo.

– Et ne vous gênez pas pour me citer dans votre article, ajouta Léontine. D'ailleurs, beaucoup de vos lecteurs doivent déjà me connaître… Léontine Crocus, ça vous dit quelque chose, j'imagine ? Quarante ans de théâtre. Des tournées triomphales dans le Massif central et ailleurs. J'ai même joué dans un film... Les artistes sont toujours un peu médiums, vous pourrez le dire dans votre article...

– Et... madame Gregor ? Comment va-t-elle ? demanda Waldo.

– Chut... Ne la dérangez pas, elle dort... Dans deux jours, elle sera remise... Si vous voulez une photo de moi, reprit Léontine à l'adresse du journaliste, je peux vous en donner.

L'homme à l'imperméable se tourna alors vers Waldo et Mirabelle.

– J'aimerais bien avoir votre version des faits, jeunes gens, dit-il en allumant une cigarette.

Chapitre 19
La gloire

– Alors ça, c'est incroyable ! s'exclama Richard Dulancier. Viviane ! Regarde !

Il tendit à son épouse le journal qu'il était en train de lire. Il était huit heures du matin, l'heure du petit déjeuner. Assis face à face, Waldo et Mirabelle échangèrent un regard inquiet.

– Mon Dieu… murmura madame Dulancier.

– Ça, c'est la meilleure ! Le fantôme de Fernand Goulot !

– Quoi ? s'exclama Waldo en s'efforçant de jouer la surprise.

– Regardez ça ! dit madame Dulancier en posant le journal sur la table.

Une photo représentant Léontine et monsieur Marcel s'étalait en haut de la page. La légende indiquait :

Léontine Crocus et Marcel Bornu affirment avoir vu le fantôme de Fernand Goulot à L'Auberge d'Édimbourg.

L'article portait pour titre : L'AUBERGE HANTÉE DE LA RUE STEVENSON et racontait que Fernand Goulot, un ancien client de l'établissement, était revenu hanter les lieux après sa mort. Léontine Crocus, qui se donnait le beau rôle, expliquait que, grâce à ses dons de médium, elle avait réussi à élucider toute l'affaire, sur laquelle elle refusait de donner des détails, par souci de discrétion. L'article rappelait quelques épisodes de la carrière de la tragédienne, notamment une tournée triomphale dans le Massif central dans le rôle de Phèdre.

– C'est une histoire de fous ! s'emporta monsieur Dulancier.

– Il paraît que des enfants ont également vu le fantôme ! dit madame Dulancier en lisant l'article. Un garçon et une fille. J'espère au moins que ce n'est pas vous !

– Qu'est-ce que tu veux qu'on aille faire dans un endroit comme ça ? demanda Mirabelle d'un ton ingénu.

Waldo et Mirabelle avaient demandé au journaliste de préserver leur anonymat. Même sous le nom de Jonathan et Charlotte, leurs parents les auraient immédiatement reconnus.

– Je ne veux pas que mon nom soit mêlé à un scandale ! avertit monsieur Dulancier. Si des journalistes cherchent à nous joindre, interdiction de leur répondre ! Compris ?

– Pauvre Fernand... soupira madame Dulancier.

– Pauvre Fernand ! Même après sa mort, il s'arrange pour nous créer des ennuis, celui-là !

– Richard ! Je t'en prie ! Il n'y est pour rien !

– Va savoir...

*
* *

Le temps était sec et clair. Waldo et Mirabelle avaient pris leurs vélos pour aller au collège et roulaient côte à côte le long de l'avenue.

– C'est un bon comédien, dit Waldo.

– Papa ?

– Il a fait comme s'il n'était au courant de rien.

– Que pouvait-il faire d'autre ?

– Quand même, je trouve qu'il a bien joué... Il doit être fort en affaires...

– C'est pour ça qu'on vit bien... conclut Mirabelle avec philosophie.

*
* *

À midi, un rassemblement s'était formé devant le collège. Waldo et Mirabelle avaient repris leurs vélos et se dirigeaient vers la sortie.

– C'est eux, là-bas ! dit une voix.

La foule des élèves se sépara en deux comme

pour constituer une haie d'honneur. Waldo et Mirabelle aperçurent alors une caméra de télévision entourée par trois hommes dont l'un était vêtu d'un costume et d'une cravate.

– Eh ! Waldo ! Mirabelle ! Y a la télé pour vous ! dit une autre voix.

L'homme à la cravate s'avança vers eux.

– C'est vous les neveux de Fernand Goulot ? demanda-t-il. Vous allez répondre à mes questions. C'est pour les actualités régionales de demain midi.

Il les prit chacun par un bras et les poussa vigoureusement devant la caméra.

– Moteur ! lança-t-il.

Puis, arborant soudain un sourire jovial, il se tourna vers Waldo et Mirabelle, un micro à la main.

– Waldo et Mirabelle Dulancier, vous êtes les neveux de Fernand Goulot, l'homme qui, selon les rumeurs qu'on voit courir dans la ville depuis ce matin, est devenu fantôme à *L'Auberge d'Édimbourg*. Est-ce que vous pouvez réagir sur ce problème ? Avez-vous le sentiment que c'est véritablement votre oncle qui est revenu ?

Ahuris, Waldo et Mirabelle regardèrent alternativement l'homme à la cravate et la caméra.

– Je vous demande la question à chaud, reprit leur interlocuteur. C'est vraiment le fantôme de votre oncle qui est apparu, d'après votre opinion personnelle ?

La foule des élèves s'était rassemblée autour de la caméra. Waldo et Mirabelle croisèrent le regard de plusieurs de leurs camarades. Un projecteur noyait leur visage dans une lumière blanche et crue qui les aveuglait à moitié.

Waldo prit soudain conscience de tous ces regards fixés sur lui, ceux des filles surtout.

– Notre oncle était un original, dit-il en redressant la tête. Ça ne m'étonnerait pas qu'il soit devenu fantôme...

Un grand éclat de rire salua sa réponse. Waldo se rengorgea. Il sentit monter en lui une étrange ivresse.

Mirabelle, en revanche, avait l'air consterné.

Chapitre 20
L'héritage

La rumeur s'était vite répandue dans le collège que Waldo et Mirabelle avaient un oncle fantôme. Mirabelle, cependant, semblait n'éprouver aucun penchant pour la gloire audiovisuelle. Elle s'était contentée d'offrir à la caméra un visage renfrogné, tandis que Waldo affirmait avec bonne humeur que le caractère de Fernand Goulot de son vivant rendait très vraisemblable l'existence de son spectre.

– Qu'est-ce qui t'a pris de répondre à cet imbécile ? fulmina-t-elle lorsqu'ils eurent quitté le collège. Catriona comprendra tout de suite qu'il s'agit d'une supercherie quand elle apprendra qu'on est les neveux de Tonton Fernand !

– Ça n'a plus d'importance. L'émission sera diffusée pendant notre rendez-vous avec le notaire. Nous avions un mois pour réussir, le mois sera écoulé demain midi, inutile de faire du zèle. La farce est terminée !

– Catriona va être furieuse...

– J'aime mieux la voir furieuse que terrorisée...

– Et Papa, qu'est-ce qu'il va dire ?

– Quand il verra qu'on est riches, il ne dira plus rien...

*
* *

Il était midi et demi le lendemain lorsque Waldo et Mirabelle arrivèrent chez le notaire. La soirée de la veille avait été éprouvante. Monsieur et madame Dulancier, sollicités eux aussi par les journalistes de la télévision, les avaient éconduits sans ménagements.

– Nous ne répondrons jamais à ces fouilleurs de poubelles, avait déclaré Richard Dulancier. Et si jamais ils s'adressent à vous, je vous interdis de leur parler, c'est compris ? avait-il ajouté à l'intention de ses enfants.

La situation devenait explosive. Il était temps d'en finir et ils furent soulagés de s'asseoir à nouveau dans le bureau de maître Poncelard. L'air grave, le visage impénétrable, le notaire s'installa en face d'eux.

– Mes enfants, dit-il d'une voix solennelle, le moment est venu pour moi de prendre connaissance des dernières volontés de votre oncle, volontés dont vous connaissez déjà la nature et auxquelles j'espère que vous aurez su vous soumettre avec scrupule et dignité. L'enjeu, dois-je vous le rappeler, est d'importance, puisqu'il s'agit d'une substantielle somme d'argent.

Il avait prononcé ces derniers mots avec la gourmandise d'un gastronome évoquant les spécialités de son restaurant préféré. Waldo et Mirabelle ne quittaient pas des yeux l'enveloppe scellée que le notaire tenait devant lui.

– Je vais procéder à l'ouverture du testament, annonça-t-il avec emphase.

Dans un silence épais, le notaire fit sauter un par un les cinq cachets de cire, puis il sortit de l'enveloppe la feuille de papier sur laquelle Fernand Goulot avait tracé de sa main son ultime message. Maître Poncelard chaussa ses lunettes et commença à lire à haute voix. Waldo et Mirabelle observaient son visage. À mesure qu'il avançait dans la lecture, les sourcils du notaire se fronçaient, ses yeux s'arrondissaient, ses traits s'affaissaient. Enfin, il reposa le papier sur son bureau et resta silencieux un instant, le teint pâle, le regard effaré.

– Ainsi, c'était vrai... murmura-t-il.

– Qu'est-ce qui était vrai ? interrogea Mirabelle.

– Lorsque j'ai lu hier matin dans le journal ce ridicule article sur le fantôme de votre oncle, j'ai pensé que... qu'il pouvait y avoir un rapport avec le... le testament... Mais de là à imaginer...

– Alors, on les a gagnés, les quinze millions ?

demandа Waldo, que la lenteur du notaire exaspérait.

– Un peu de patience, jeune homme, il me faut être sûr que…

– Sûr que quoi ? Si vous voulez encore une preuve, vous n'avez qu'à regarder la télé, ils vont en parler, du fantôme, au journal de midi.

– Au journal de midi ?

Maître Poncelard se leva de son fauteuil et alla allumer un poste de télévision dans un coin du bureau. Des images de cadavres encore chauds, qu'on venait tout juste d'égorger quelque part sur la planète, apparurent, commentées par un reporter à la syntaxe approximative. Il y eut ensuite une demi-douzaine de publicités pour des détergents et des plats surgelés, puis vint enfin la rubrique des faits divers. « Mystère dans la rue Stevenson », annonça le présentateur. « Y aurait-il un fantôme à *L'Auberge d'Édimbourg* ? C'est ce que les occupants de cette jusqu'alors paisible pension de famille ont affirmé à notre reporter. »

Léontine Crocus, vêtue d'une longue robe noire de tragédienne des années trente, occupa alors l'écran et décrivit, en ajoutant quelques détails inventés de toutes pièces, les phénomènes troublants qui témoignaient de l'existence du fantôme de Fernand Goulot.

– Très éprouvée par ces événements, expliqua ensuite le reporter, la patronne de l'auberge, madame Catriona Gregor, s'est refusée à tout commentaire et nous a même jeté des tartines de pâté à la figure lorsque nous avons voulu l'interviewer. Nous avons pu, cependant, demander leur sentiment à Waldo et Mirabelle Duplancher, les neveux du supposé fantôme, qui nous ont répondu dans ces images que vous allez pouvoir suivre sur votre écran.

Waldo fit la grimace : le reporter avait écorché leur nom. En plus, on n'avait gardé qu'une vingtaine de secondes de son interview, et pas les meilleures à son avis. Une publicité pour un aspirateur à modulateur électronique mit fin à l'émission. Stupéfait, le notaire éteignit le récepteur et vint se rasseoir derrière son bureau.

– J'espère que vous êtes arrivés à vos fins sans commettre d'acte illégal, dit-il d'un air pincé.

Waldo et Mirabelle restèrent silencieux.

– Certes, vous n'êtes pas obligés de me répondre… En tout cas, je dois constater que vous avez satisfait aux volontés de votre oncle et que, en conséquence, son héritage vous revient de droit…

– Quand est-ce qu'on touchera l'argent ? demanda Waldo.

– À votre majorité, jeune homme, répondit le notaire avec un sourire sardonique.

– Quoi ? !

– La loi est ainsi faite…

– On n'en aura même pas un peu tout de suite ?

– Pas un centime. Jusqu'à votre majorité, c'est moi qui aurai la charge de gérer votre patrimoine. Mais ne vous inquiétez pas, je saurai le faire fructifier !

*
* *

– Tu parles d'une tuile ! s'exclama Waldo lorsqu'ils eurent quitté la maison du notaire. S'être donné tout ce mal et avoir encore des années à attendre avant d'être riches !...

– Toi, au moins, tu toucheras ton argent treize mois avant moi, soupira Mirabelle.

– Je t'en donnerai un peu, promit Waldo. À condition que tu me le rendes plus tard...

– Radin !

Waldo et Mirabelle pédalaient côte à côte dans la rue calme et étroite qu'ils empruntaient d'ordinaire pour aller au collège. Le ciel était gris, il faisait frais, un temps à neige.

– Avec ce froid, j'irais bien manger une tartine de pâté à *L'Auberge d'Édimbourg*, dit Waldo avec mélancolie.

– C'est nous qui finirons en pâté, si on retourne là-bas, fit observer Mirabelle. Je n'ai pas envie que mon squelette aille pourrir dans une malle au fond du grenier de Catriona.

À cet instant, un homme surgit d'entre deux voitures et vint se planter au milieu de la chaussée. Waldo et Mirabelle freinèrent pile, tombant à moitié de leurs vélos.

– Complètement malade, ce type ! s'écria Waldo.

L'homme était grand, mince. Il portait une casquette et son visage était entièrement masqué par une écharpe. Avec lenteur, il commença à dérouler l'écharpe, découvrant peu à peu son visage. Waldo et Mirabelle virent alors apparaître avec effroi une tête de mort.

Chapitre 21
Le sens de la famille

Un son étrange s'éleva de la tête de mort. Une musique lente, lugubre, comme une marche funèbre. Puis la tête de mort s'écarta, laissant apparaître le visage d'un homme qui tenait entre ses dents… un harmonica !

– Le type qui nous a indiqué la rue Stevenson ! s'exclama Waldo.

L'homme fit « oui » de la tête et continua de jouer la triste mélodie en brandissant de l'autre main la tête de mort ornée de l'araignée de l'oncle Fernand.

– Jolie musique pour un fantôme, pas vrai ?

C'était la voix de Catriona. La patronne de *L'Auberge d'Édimbourg* venait de surgir derrière eux. Elle était vêtue de son manteau écossais rouge et vert et coiffée du chapeau à la plume de faisan. Son teint avait retrouvé une couleur rubiconde dont on n'aurait su dire si elle témoignait d'une santé retrouvée ou d'une fureur extrême. Le ciel s'était assombri. Quelques flocons de neige commencèrent à tomber.

– Je crois que vous connaissez déjà Pipo ? dit Catriona avec un sourire goguenard.

L'homme à l'harmonica cessa de jouer et s'inclina en portant un doigt à sa casquette.

– Il est muet, mais pas sourd, il ne sait ni lire ni écrire, mais il arrive à se faire comprendre avec son harmonica…

– Si-si-fa-si, joua l'homme à l'harmonica en guise d'approbation.

– Pauvre Pipo, il n'a pas beaucoup de chance, poursuivit Catriona.

– Fa-mi-fa-ré, joua Pipo avec mélancolie.

– Pipo est très amoureux.

– De… de vous ? balbutia Waldo.

Catriona éclata de rire.

– Il y a belle lurette que plus personne n'est amoureux de moi ! s'exclama-t-elle. C'est d'Huguette que Pipo est amoureux.

– La... la mollassonne ? dit Mirabelle.

– Do-do-do-do-do-sol-mi-sol-mi-do ! joua Pipo sur un rythme furieux.

– Ne l'insultez pas devant lui, vous allez le mettre en colère ! Pauvre Pipo, il tournait tellement autour d'Huguette qu'il finissait par la gêner dans son travail. Alors je me suis fâchée et je lui ai interdit de venir la voir. Ça ne l'a pas empêché de rôder autour de l'auberge, surtout la nuit... Il en a observé, des choses... Dommage qu'il ne puisse pas tout dire...

L'homme à l'harmonica commença à jouer une cascade de notes sur un rythme frénétique, comme s'il essayait de raconter précipitamment une très longue histoire. Les flocons de neige tombaient dru à présent et s'accrochaient au manteau de Catriona.

– Ne te fatigue pas, Pipo, dit-elle. J'en sais suffisamment comme ça !

– Comment a-t-il fait pour… vous raconter ? demanda timidement Waldo.

– Il s'est dit que j'allais peut-être le laisser revenir auprès d'Huguette s'il me révélait ce qu'il avait vu. Il y a deux jours, il a débarqué à l'auberge, tout excité. Il s'est mis à gesticuler et à souffler dans son harmonica. Au début, je n'ai rien compris, et puis, petit à petit, il a réussi à m'expliquer. Il m'a apporté la tête de mort emballée dans un papier, il m'a montré les fils de Nylon dans la cheminée… Je ne voulais pas croire que c'était vous… mais il s'exprimait avec tellement de conviction que j'ai fini par avoir des doutes. Alors, comme ma hanche ne me faisait plus mal, j'en ai profité pour vous suivre… Chez vous, puis au collège… De loin, j'ai vu la télévision qui vous filmait… Je me suis renseignée, j'ai posé des questions… On m'a dit qui vous étiez… J'ai su alors que Pipo avait raison… Vous l'avez échappé belle ! Si je vous avais eus sous la main à ce moment-là !

– Do-la-la-la-la ! joua l'homme à l'harmonica d'un air apeuré.

– Et puis, j'ai réfléchi... et je me suis dit que vous aviez eu raison de vouloir venger votre oncle... C'est bien, d'avoir le sens de la famille...

– Nous ne pouvions pas savoir... commença Waldo.

– Que je n'étais pas responsable de son arrestation ? Lui non plus ne le savait pas. Mais je suis contente quand même...

– Contente ? s'étonna Mirabelle.

– Après tout, c'est à moi que Fernand a réservé sa dernière farce ! C'est un honneur, d'une certaine manière... Il aurait trouvé vos petites facéties très amusantes. Surtout la tête de mort dans la cheminée... Vous avez eu de la chance que madame Léontine vous donne un coup de main ! Sans elle, je n'y aurais pas cru, à votre fantôme... Mais il faut reconnaître que vous avez été très astucieux... et bien dignes de votre oncle ! Si vous continuez comme ça, vous aussi, vous deviendrez de grands farceurs dans la vie ! Et les farceurs sont souvent bien utiles !

Catriona s'était approchée des deux enfants. Son manteau, devenu presque blanc, la faisait ressembler à un bonhomme de neige. Waldo et Mirabelle se recroquevillèrent imperceptiblement lorsqu'elle se pencha sur eux. Elle les observa attentivement, puis hocha la tête.

– Décidément, vous êtes bien pâles... Vous devriez venir manger un peu de pâté à *L'Auberge d'Édimbourg*, ça vous redonnerait des couleurs ! dit-elle avec un grand éclat de rire. Vous y serez toujours les bienvenus ! Mais la prochaine fois, laissez donc votre oncle dans sa tombe, il a bien mérité un peu de repos... Viens, Pipo, Huguette sera peut-être contente de te revoir, qui sait ?

Le regard soudain brillant, l'homme à l'harmonica se mit à jouer une mélodie endiablée. La tête de mort sous le bras, il passa devant les deux enfants en esquissant quelques pas de danse. Sur la pellicule de neige qui recouvrait à présent la chaussée, Waldo et Mirabelle virent alors apparaître les empreintes de ses bottes : un gros rond au milieu avec des petits ronds tout autour... Catriona et Pipo montèrent dans un taxi stationné le long du trottoir.

La voiture démarra aussitôt. Derrière son volant, monsieur Marcel fit au passage un clin d'œil rigolard à Waldo et à sa sœur et ils entendirent le rire sonore de Catriona retentir dans toute la rue. On aurait dit que c'était elle qui venait de leur faire une farce.

Eux aussi à présent étaient recouverts de neige. Par terre, les traces de l'homme à l'harmonica s'estompaient lentement sous les flocons.

– Alors, ce n'était pas Papa... dit Waldo un peu déçu. Sauter par la fenêtre, ce n'est plus de son âge...

– Finalement, c'était notre première idée qui était la bonne, fit remarquer Mirabelle. Huguette avait bel et bien un ange gardien. Il ne devait pas supporter ça, Pipo, qu'on prépare des pièges dans sa chambre.

– Il a voulu tout remettre en place pour qu'elle n'ait pas peur...

– C'est ça, l'amour... dit Mirabelle.

– Tu crois que... commença Waldo après un moment de silence.

– Que quoi ?

– Qu'on l'aurait fait quand même, s'il n'y avait pas eu d'argent à gagner ?

– Fait quoi ?

– Le fantôme pour venger l'oncle Fernand.

Mirabelle réfléchit un instant.

– Je ne sais pas...

– Il faudrait que Catriona ne le sache jamais... qu'il y avait de l'argent... Elle serait déçue...

– On n'a pas besoin de le dire... c'est un secret.

La chaussée était devenue trop glissante pour pédaler.

Waldo et Mirabelle repartirent à pied en poussant leurs vélos.

– Il faudra lui faire un très beau cadeau, à Catriona, quand on sera riches, dit Waldo.

– C’est toi qui le choisiras, puisque tu seras riche avant moi... D’ailleurs, c’est pas juste...

– Bien sûr que si ! C’est moi l’aîné !

– Oui, mais c’est moi la plus grande...